Das Buch

Bruder Cadfael, der berühmte Detektiv in der Mönchskutte, hat in seinem Leben schon mehr von der Welt gesehen als die anderen Mönche der Benediktinerabtei von Shrewsbury. Vor seinem Eintritt ins Kloster führte er – für die Verhältnisse im 12. Jahrhundert – ein recht bewegtes weltliches Leben und nahm sogar an einem der Kreuzzüge teil. Das macht die Frage, wie Cadfael denn eigentlich dazu kam, die Kutte zu nehmen, um so interessanter. Des Rätsels Lösung liegt in diesem Büchlein. Denn hier ist beschrieben, wie der spätere ›Bruder‹ Cadfael dem Licht der Gnade begegnete – auf der Straße nach Woodstock…

Die Autorin

Ellis Peters, 1913 in Shropshire/England geboren, veröffentlichte unter ihrem bürgerlichen Namen Edith Pargeter eine Reihe von historischen Romanen. Ihr Pseudonym blieb ihren Kriminalromanen vorbehalten. Ellis Peters starb im Oktober 1995.

Im Wilhelm Heyne Verlag liegen mehr als zwanzig Bände mit spannenden Fällen um den beliebten mittelalterlichen Detektiv in der Mönchskutte vor.

ELLIS PETERS

Das Licht auf der Straße nach Woodstock

Bruder Cadfael erzählt

Aus dem Englischen
von
JÜRGEN LANGOWSKI

WILHELM HEYNE VERLAG
MÜNCHEN

HEYNE ALLGEMEINE REIHE
Nr. 01/10347

Titel der Originalausgabe
A RARE BENEDICTINE
erschienen 1988
bei Headline Book Publishing Plc, London

Der Titel erschien bereits in der
Allgemeinen Reihe mit der Band-Nr. 01/9994

5. Auflage
4. Auflage dieser Ausgabe

Printed in Germany 1998
Umschlagillustration: Andreas Reiner
Innenillustration: Copyright © 1988 by
Clifford Harper
Umschlaggestaltung: Atelier Ingrid Schütz, München
Satz: Schaber Satz und Datentechnik, Wels
Druck und Bindung: RMO, München

ISBN 3-453-12517-7

INHALT

Einführung

Seite 7

Das Licht auf der Straße nach Woodstock

Seite 13

Das Geschenk des Geizkragens

Seite 83

Der Augenzeuge

Seite 151

Einführung

Bruder Cadfael ist plötzlich und unerwartet und bereits dem sechzigsten Lebensjahr nahe ins Leben getreten – als reifer, welterfahrener und weitgereister Mann mit einer immerhin schon siebzehn Jahre alten Tonsur. Er bot sich als ideale Hauptfigur an, als ich auf die Idee kam, vor dem Hintergrund der wahren Geschichte der Abtei von Shrewsbury im zwölften Jahrhundert einen Kriminalroman zu schreiben. Ich brauchte das hochmittelalterliche Gegenstück zu einem Detektiv, also einen Augenzeugen und einen Vertreter der Gerechtigkeit, der im Mittelpunkt der Handlung stehen sollte. Ich hatte damals keine Ahnung, was ich der Welt zumuten und welch anspruchsvollem Lehrmeister ich mich damit unterwerfen würde. Ich hatte auch gar nicht die Absicht, eine ganze Buchreihe über ihn zu schreiben. Unmittelbar danach habe ich wieder an einem modernen Kriminalroman gearbeitet, um erst ins Shrewsbury des zwölften Jahrhunderts zurückzukehren, als ich der Versuchung nicht mehr widerstehen konnte, die Belagerung der Stadt und das Massaker an der Garnison durch König Stephen in eine zweite Geschichte einzuflechten. Dies hat sich zugetragen, kurz nachdem der Prior nach Wales ausgezogen war, um die Reliquien der heiligen Winifred in seine Abtei zurückzuholen. Von da an war Bruder Cadfael in Bewegung gekommen, und es gab kein Zurück.

Da nahezu die gesamte Handlung des ersten Buchs in Wales gespielt hat und da es im zweiten Buch großzügig über die Grenze hin- und hergegangen ist, wie es der Geschichte der Grenzstadt Shrewsbury entspricht, mußte Cadfael Waliser sein und sich auf beiden Seiten heimisch fühlen. Ich habe für ihn ganz bewußt einen sehr seltenen Namen ausgewählt. Ich konnte diesen Namen nur ein einziges Mal in walisischen Aufzeichnungen finden, und selbst in diesem einen Fall wurde der Name schon kurz nach der Taufe nicht mehr benutzt. Der heilige Cadog, ein Zeitgenosse und Rivale des heiligen David, eines großen Heiligen in Glamorgan, wurde auf den Namen Cadfael getauft, war aber fortan, wie Sir John Lloyd erzählt, eher unter dem Namen Cadog bekannt. Ein Name, den der Heilige nicht mehr gebrauchte und der meines Wissens nirgendwo sonst vorgekommen war, schien mir genau der richtige Name für meinen Mönch zu sein. Ich wollte dabei aber nicht auf die religiösen Weihen des Namensvetters anspielen, sondern daran erinnern, daß der heilige Cadog, wenn er herausgefordert wurde, anscheinend genau die Heißblütigkeit an den Tag gelegt hat, die man seinesgleichen zumindest in der Legende nachsagt. Mein Mönch mußte ein Mann sein, der in der Welt ausgiebige Erfahrungen gesammelt hatte und aus diesem Grund eine unerschöpfliche, schicksalsergebene Toleranz für menschliche Schwächen mitbrachte. Seine Vergangenheit als Kreuzritter und Seefahrer wurde schon im ersten Buch erwähnt. Erst später wurden die Leserinnen und Leser neugierig und begannen, nach seinem früheren ungebundenen Leben zu fragen und wollten erfahren, wie und warum er Mönch geworden sei.

Aus Gründen der Kontinuität wollte ich aber nicht in der Zeit zurückspringen und ein Buch über seine Kreuzfahrertage schreiben. Schließlich schreitet die ganze Romanreihe gleichmäßig, Jahreszeit um Jahreszeit und Jahr um Jahr fort und baut dadurch einen Spannungsbogen auf, den ich nicht brechen wollte. Als ich aber jetzt die Gelegenheit bekam, in einer Kurzgeschichte einen Blick in Cadfaels Vergangenheit und etwas Licht auf seine Berufung zu werfen, habe ich die Gelegenheit mit Freuden ergriffen.

Hier ist er also, und er ist, seiner Zeit entsprechend, kein Konvertit. In einer Welt, die noch nicht, wie in späteren Zeiten, unter Hader und Schismen litt und in der Frömmigkeit noch etwas Unkompliziertes war, stand Cadfael von Anfang an fest im Glauben. Was ihn auf der Straße nach Woodstock überkam, war nichts weiter als die Einsicht, daß das Leben, das er bis zu diesem Zeitpunkt geführt hatte – ein aktives, unruhiges Leben voller Gewalt – zu einem natürlichen Ende gekommen war, und daß er sich nun einem neuen Bedürfnis und einer ganz neuen Herausforderung zu stellen hatte.

In Indien geschieht es nicht selten, daß Männer in einem bestimmten Alter große

Macht und großen Reichtum aufgeben – für den Betreffenden selbst nicht durch äußere Situationen und Erlebnisse begründet, sondern aufgrund einer inneren Gewißheit –, um das gelbe Gewand des Sannyasin anzulegen und mit nichts als einer Schale zum Betteln fortzugehen, zugleich in die Welt hinein und aus ihr heraus.

Läßt man klimatische und kulturelle Unterschiede und jene zwischen gelbem Gewand und wallender schwarzer Kutte beiseite, vergleicht man die Einsamkeit der Wildnis mit der Stille des Kreuzgangs, und sieht, daß einer, der um die halbe Welt gereist ist, sich plötzlich zwischen dicken Mauern wiederfindet, dann hat Cadfael, als er sich der Ordensregel der Benediktiner in der Abtei von St. Peter und St. Paul in Shrewsbury unterwarf, etwas ganz Ähnliches getan.

Hernach mag er aus Gründen, die er für wichtig genug hielt, die eine oder andere Regel verletzt haben. Aber er wird nie gegen den Geist der Ordensregel verstoßen und sich nie wieder von ihr lossagen.

ELLIS PETERS, *1988*

Das Licht auf der Straße nach Woodstock

Der Hofstaat des Königs hatte es im Spätherbst des Jahres 1120 nicht eilig, nach England zurückzukehren, obwohl die Kämpfe, zum Ende hin etwas planlos anmutend, lange beendet und die erzwungenen Friedenszeiten durch eine königliche Hochzeit besiegelt worden waren. König Henry hatte nach sechzehn Jahren sein geduldiges und ebenso raffiniertes wie erbarmungsloses Ränkeschmieden, Kämpfen und Intrigieren zu einem erfolgreichen Abschluß gebracht und konnte sich nun, als Herrscher nicht nur Englands, sondern auch der Normandie, höchst zufrieden zurücklehnen. Was William der Eroberer unerfreulicherweise in zwei Pakete zerteilt und zwischen seinen ältesten Söhnen aufgeteilt hatte, war nun vom jüngsten wieder zusammengefügt und verschnürt worden. Dabei hatte er, wie man erzählte, vorsorglich seine beiden Brüder mit eigener

Hand aus dem Weg geräumt. Einer lag nun unter dem Turm von Winchester in einem hastig zugescharrten Grab, und der andere saß als Gefangener in Devizes und würde wohl nie wieder das Licht der Freiheit erblicken.

Der Hofstaat konnte es sich erlauben, noch eine Weile im Siegesgefühl zu schwelgen, während Henry die letzten unbefriedeten Winkel ruhigstellte und sicherte. Aber seine Flotte bereitete sich schon in Barfleur auf die Rückreise nach England vor, und er würde noch vor Ende des Monats wieder daheim sein. In der Zwischenzeit zogen bereits viele seiner Barone und Ritter, die für ihn die Schlachten geschlagen hatten, ihre Truppen zurück und traten die Heimreise an. Einer von ihnen war Roger Mauduit, auf den eine junge, hübsche Frau wartete. Er hatte gewisse Rechtsstreitigkeiten zu erledigen, und er mußte seine fünfundzwanzig Männer mit dem Schiff nach England zurückbringen und ihnen nach der Landung den Sold auszahlen.

Unter den Halunken, die er hier in der Normandie für seinen Herrn ausgehoben hatte, waren ein oder zwei Männer, die es wert waren, daß er sie neben den paar Männern seines eigenen Hauses wenigstens so lange im Dienst behielt, bis er sicher daheim war. Der wandernde Schreiber, der sich zum Soldaten gewandelt hatte, war ein ausgezeichneter Kopist und der lateinischen Sprache mächtig. Er mochte, rechtzeitig für die Verhandlung am königlichen Hof in Woodstock, die juristischen Dokumente in eine günstige und vorteilhafte Form bringen. Und der walisische Bewaffnete, so ungeschliffen und frech er sich auch manchmal gab, war ein erfahrener und gut geschulter Kämpfer, auf dessen Wort man sich verlassen konnte, wenn er es erst gegeben hatte. Äußerst zuverlässig war er zu Lande wie zur See, hatte er doch mit beiden Elementen reichlich Erfahrung. Roger wußte ganz genau, daß er nicht besonders geliebt wurde, und er setzte nicht viel Vertrauen in die Tapferkeit oder Loyalität seiner Männer. Aber dieser Waliser aus Gwynedd, der in Antiochien und Jerusalem und wer weiß wo noch gewesen war, hatte die Kampfeskunst anscheinend schon mit der Muttermilch aufgesogen und schien sein Leben lang nichts anderes getan zu haben als zu kämpfen. Ob er ihn liebte oder nicht, dieser Mann würde die Dienste leisten, die er zugesagt hatte.

Roger wandte sich an die beiden Männer, als seine eigenen Soldaten in Barfleur bereits an Bord gingen. Es war ein trügerisch milder Novembertag, und das Meer war ruhig.

»Ihr beiden sollt mich zu meinem Anwesen Sutton Mauduit bei Northampton begleiten, nachdem wir in England gelandet sind. Ich will Euch Sold zahlen, bis ein gewisser Prozeß, den ich gegen die Abtei von Shrewsbury zu führen gedenke, abgeschlossen ist. Der König wird nach Woodstock kommen, sobald er in England eingetroffen ist, und am dreiundzwanzigsten Tag dieses Monats bei der Verhandlung meines Falls den Vorsitz führen. Wollt Ihr bis zu diesem Tag in meinen Diensten bleiben?«

Der Waliser erklärte sich einverstanden, bis zu diesem Tag oder bis der Fall abgeschlossen sei, bei ihm zu bleiben. Er sprach gleichgültig wie jemand, der nirgendwo in der Welt etwas Wichtiges zu tun hat, das ihn in eine andere Richtung ziehen könnte.

So waren ihm Northampton oder Woodstock so genehm wie jeder andere Ort. Und nach der Verhandlung in Woodstock? Es gab keinen Ort, zu dem er sich hingezogen fühlte. Es gab kein Licht, das ihm irgendeinen Weg auf irgendeiner Straße gewiesen hätte. Die Welt war groß und schön und voller Freuden, aber ohne Wegweiser.

Alard, der zerlumpte Schreiber, zögerte, kratzte seinen dichten Pelz aus ergrauendem roten Haar und erklärte sich schließlich ebenfalls einverstanden. Bei ihm schien es fast, als verabschiede er sich bedauernd von etwas anderem, das ihn in eine andere Richtung hätte locken können. Aber er brauchte den Sold, den er für die paar Tage noch bekommen würde, deshalb konnte er es sich nicht leisten, den Vorschlag abzulehnen.

»Ich wäre leichteren Herzens mitgekommen«, sagte er später, als sie an der Reling lehnten und zusahen, wie die englische Küste nur als blauer Streifen in der ruhigen See zu erkennen war, »wenn er nur etwas weiter nach Westen gegangen wäre.«

»Warum das?« fragte Cadfael ap Meilyr ap Dafydd. »Habt Ihr Verwandte im Westen?«

»Früher einmal. Jetzt nicht mehr.«

»Tot?«

»Ich bin derjenige, der gestorben ist.« Alard hob die schmächtigen Schultern zu einem hilflosen Achselzucken und grinste. »Ich hatte siebenundfünfzig Brüder, und jetzt habe ich keinen einzigen mehr. Inzwischen bin ich über die Vierzig hinaus, und ich beginne allmählich, meine Verwandten zu vermissen. Als junger Bursche wußte ich sie nicht zu schätzen.« Er warf seinem Gefährten einen wehmütigen Blick zu und schüttelte den Kopf. »Ich war Mönch in Evesham. Ich war ein *Oblatus*, vom Vater an Gott überantwortet, als ich fünf Jahre alt war. Mit fünfzehn hielt ich es nicht mehr aus, mein ganzes Leben lang an ein und demselben Ort festzusitzen, und bin fortgelaufen. Beständigkeit ist ein Teil der Gelübde, die wir ablegen – damit zufrieden sein, an einem Ort zu leben und nur in die Welt zu gehen, wenn man den Befehl dazu bekommt. Das war damals nichts für mich. Burschen wie mich nennt man *vagus* – der Bruder Leichtfuß, der auf Wanderschaft gehen muß. Weiß Gott, ich bin genug gewandert. Allmählich bekomme ich Angst, daß ich überhaupt nicht mehr stillstehen kann.«

Der Waliser zog sich den Mantel eng um die Schultern, um sich vor dem kalten Wind zu schützen. »Denkt Ihr daran, wieder zu ihnen zurückzukehren?«

»Selbst ein Seemann wie Ihr muß irgendwann einmal vor Anker gehen«, gab Alard zurück. »Wenn ich zurückginge, würden sie mir das Fell über die Ohren ziehen, das weiß ich genau. Aber es gibt die Möglichkeit, Buße zu tun. Damit kann man alle Schuld begleichen und wie ein Neugeborener werden. Wenn ich meine Schuld begliche, würden sie schon einen Platz für mich finden. Aber ich weiß nicht… ich weiß nicht… der *vagus* steckt immer noch in mir drin. Ich bin hin- und hergerissen.«

»Nach fünfundzwanzig Jahren«, erklärte Cadfael, »wird es auf ein oder zwei Monate, die Ihr Euch zum stillen Nachdenken nehmt, wohl nicht mehr ankommen. Kopiert ihm also die Papiere und entscheidet Euch, nachdem seine Angelegenheiten erledigt sind.«

Sie waren ungefähr im gleichen Alter, aber der entlaufene Mönch wirkte zehn

Jahre älter, als er wirklich war. Die Welt, nach der er sich im Kloster gesehnt hatte, mußte ihm stark zugesetzt haben. Großen Reichtum hatte er auch nicht erworben, denn seine Ausrüstung war schlicht und seine Kleidung fadenscheinig und dünn. An Weisheit mochte er allerdings gewonnen haben. Ein wenig als Soldat kämpfen, ein wenig Schreiberei, ein wenig Pferde hüten, Gelegenheitsarbeiten hier und dort, bis er fast alles beherrschte, was man von einem wackeren Mann erwarten konnte. Er war, hatte er erzählt, in Italien bis nach Rom gekommen, hatte sogar eine Zeitlang dem Grafen von Flandern gedient und war über die Berge nach Spanien gezogen. Nur hatte er es nirgends lange ausgehalten. Auf seine Füße war nach wie vor Verlaß, aber sein Kopf war müde vom Wandern.

»Und Ihr?« fragte er, indem er seinen Gefährten beäugte, mit dem er seit mittlerweile einem Jahr von Schlachtfeld zu Schlachtfeld unterwegs war. »Nach allem, was Ihr so sagt, scheint Ihr auch etwas von einem *vagus* in Euch zu haben. All die Jahre, die Ihr auf Kreuzzügen und mit Kämpfen gegen Korsaren im mittelländischen Meer verbracht habt! Und Ihr habt immer noch nicht genug davon, sondern mußtet noch einmal übers Meer fahren, um Euch in der Normandie herumzuschlagen. Hattet Ihr nach Eurer Rückkehr nach England nichts Besseres zu tun, als Euch abermals für dieses verrückte Gemetzel als Söldner einzuschreiben? Habt Ihr keine Frau, die Euch auf andere Gedanken bringen könnte?«

»Und was ist mit Euch? Befreit aus dem Kloster, befreit von den Gelübden!«

»Irgendwie«, räumte Alard nachdenklich ein, »habe ich das nie so sehen können. Hier und da mal eine Frau, sicher, wenn es mich überkommen hat, aber heiraten und mit einem Weib seßhaft werden … Irgendwie schien es mir immer, ich hätte nicht das Recht dazu.«

Der Waliser stellte die Füße auf dem sachte schwankenden Deck ein wenig auseinander und sah zur fernen, nur langsam näherrückenden Küste hinaus. Er war ein breitschultriger, muskulöser Mann in den besten Jahren, braunhaarig und mit gebräunter Haut – von östlicher Sonne und dem Leben im Freien. Mit Ledermantel und gutem Unterzeug war er ordentlich gerüstet und mit Schwert und Dolch gut bewaffnet. Er hatte ein ansehnliches Gesicht mit markanten Zügen, und unter der Haut waren die kantigen Knochen seines Menschenschlages zu sehen. Es hatte durchaus einige Frauen gegeben, die ihn anziehend gefunden hatten.

»Ich hatte mal ein Mädchen«, erzählte er versonnen. »Das ist schon Jahre her. Ich verließ sie, als ich mich dem Kreuzzug anschloß. Ich hatte mich für drei Jahre verabschiedet und bin siebzehn Jahre fortgeblieben. Die Wahrheit ist, daß ich sie im Morgenland vergessen habe, und sie hat mich im Abendland, Gott sei Dank, genauso vergessen. Sie hat einen besseren als mich gefunden und einen anständigen, ehrbaren Mann geheiratet, der nichts von einem *vagus* in sich hatte. Ein Angehöriger der Gilde, Beirat der Stadt Shrewsbury, ein angesehener Mann. So war mein Gewissen erleichtert, und ich konnte mich wieder dem Handwerk zuwenden, das ich am besten beherrschte, dem Kriegshandwerk. Und ich tat es ohne Bedauern«, fügte er noch hinzu. »Es war aus und vergessen, und so ist es all die Jahre geblieben. Ich bezweifle, ob ich sie oder sie mich überhaupt wiedererkannt hätte.« In den inzwischen verstrichenen Jahren hatte es andere Frauen gegeben, deren Gesichter ihm lebhaft im Gedächtnis geblieben waren, während das ihre allmählich im Dunst verblaßte.

»Und was wollt Ihr nun tun«, fragte Alard, »da der König alles bekommen hat, was er wollte, und seinen Sohn nach Anjou und Maine verheiratet und dem Kampf ein Ende gesetzt hat? Wollt Ihr wieder ins Morgenland ziehen? Da gibt es immer genug Streitereien, so daß ein Mann gut beschäftigt ist.«

»Nein«, erwiderte Cadfael und blickte zur Küste hin, wo sich gerade das feste Land und die Zackenlinie von Klippen und Senken herauszuschälen begann. Auch das war schon seit Jahren aus und vorbei, und es war nicht so gut verlaufen, wie er es früher einmal erhofft hatte. Der schleppende Feldzug in der Normandie war kaum mehr als ein Nachruf gewesen, ein Nachgedanke und eine Möglichkeit, das Loch zu stopfen zwischen dem, was jetzt Vergangenheit war, und dem, was – noch unerkannt – auf ihn zukommen mochte. Er wußte nur, daß es etwas Neues und Bedeutsames sein mußte, gleich einer Tür, die sich in eine neue Kammer auftun würde. »Es scheint mir, als hätten wir zwei, Ihr und ich, ein paar Tage Muße, um herauszufinden, was wir tun wollen. Wir sollten die Zeit so gut wie möglich nutzen.«

Bevor sie sich zur Nachtruhe niederlegen konnten, sollten sie keine Gelegenheit mehr finden, über irgend etwas außer den allernächsten Augenblick nachzudenken oder über Dinge zu grübeln, die lange vergangen waren oder noch kommen sollten. Ihr Schiff war mit einem stetigen und günstigen Wind in den Segeln in See gestochen und konnte noch vor der Abenddämmerung in Southampton anlegen. Alard war im Hafen damit betraut, die Gerätschaften beim Ausladen zu kontrollieren, und Cadfael kümmerte sich um das Entladen der Pferde. Danach bezogen sie Quartier in Herbergen und Ställen im Ort. Früh am nächsten Morgen würden sie weiterreisen.

»Der König wird also in Woodstock erwartet«, sagte Alard, während er schläfrig im Stroh in der warmen Kammer über dem

Pferdestall raschelte, »wo er am dreiundzwanzigsten dieses Monats Gericht halten wird. Er wird seinen Sitz in den Waldungen dort zum Zentrum des Königreichs machen, und man sagt jetzt schon, daß eigentlich Woodstock und nicht Westminster Hauptort des Königreichs sei. Er will sogar seine wilden Tiere dort halten – Löwen und Leoparden und Kamele. Habt Ihr einmal Kamele gesehen, Cadfael? Drüben im Morgenland?«

»Gesehen und geritten habe ich sie. Sie sind dort so verbreitet, wie es Pferde hierzulande sind. Schwer arbeiten können sie und sind immer zu Diensten, aber sie sind unbequem zu reiten und oft übel gelaunt. Gott sei Dank werden wir morgen früh auf Pferde steigen.« Nach einer langen Pause, kurz vor dem Einschlafen, fragte er noch neugierig in die nach Stroh duftende Dunkelheit: »Falls Ihr jemals zurückkehren solltet, was erwartet Ihr dann in Evesham zu finden?«

»Wie soll ich das wissen?« erwiderte Alard schlaftrunken. Plötzlich gab er ein scharfes Seufzen von sich und schien wieder hellwach. »Das Schweigen vielleicht …

oder die Stille. Nicht mehr herumrennen müssen… irgendwo ankommen und nicht mehr laufen müssen. Die Vorlieben ändern sich. Ich glaube inzwischen, es wäre schön, wenn ich anhalten könnte.«

Das Gut, das den Hauptsitz in Roger Mauduits verstreuten und weitläufigen Ländereien darstellte, lag ein Stück südöstlich von Northampton in den Windschatten einer langen Kette bewaldeter Hügel geschmiegt. Der König unterhielt in der Nähe ein Jagdrevier, und die weiten Fluren zogen sich vor dem Bergland auf ebenem Gelände entlang. Das Haupthaus war aus Stein gemauert und auf einem tiefen Keller gebaut. Ein gedrungener Turm am östlichen Ende nahm zwei kleine Kammern auf, und längs der Einfriedung zog sich eine beeindrukkende Reihe von Ställen, Scheunen und Speichern hin. Während der Herr im Namen von König Henry unterwegs gewesen war, hatte irgend jemand das Anwesen gut verwaltet.

Auch die Einrichtung der Halle zeugte von aufmerksamer Führung, und die Männer und Mädchen des Haushalts gingen ihren Pflichten flink und umsichtig nach und bewiesen, daß sie gehörigen Respekt vor dem hatten, der ihr Tagewerk überwachte. Man brauchte Lady Eadwina nur einen einzigen Tag zuzusehen, um zu erkennen, wer in diesem Haus das Sagen hatte. Roger Mauduit hatte eine nicht nur hübsche, sondern auch fleißige und kundige Frau geheiratet. Sie hatte nun drei Jahre lang uneingeschränkt die Herrschaftsgewalt innegehabt und ihre Macht allem Anschein nach genossen. Womöglich war sie, so sehr sie sich auch freuen mochte, den Gemahl wieder daheim zu haben, nicht besonders erbaut von der Aussicht, die Befugnisse wieder abgeben zu müssen.

Sie war eine große, anmutige Frau, zehn Jahre jünger als Roger und mit üppigem hellen Haar und blauen Augen gesegnet, die zumeist bescheiden hinter unglaublich langen Wimpern verborgen blieben, die aber hell und hart und angriffslustig funkeln konnten, wenn sie ganz geöffnet wurden. Auch ihr gleichmäßiges Lächeln war zurückhaltend und verbarg eher, was in ihrem Kopf vorging, als es zu offenbaren.

Auch wenn ihr Willkommensgruß an den heimkehrenden Herrn nichts zu wünschen übrig ließ, und obwohl dem Herrn jede nur denkbare Aufmerksamkeit und Ehrerbietung zuteil wurde, sobald sein Pferd das Tor durchschritten hatte, konnte Cadfael nicht umhin sich zu fragen, ob sie nicht zur gleichen Zeit alle Männer, die er mitbrachte, in Augenschein nahm und jede Gerätschaft, jedes Geschirr und jede Waffe im Troß beäugte, als wollte sie eifersüchtig eine Bestandsaufnahme seiner Habseligkeiten und Vorräte machen und sich vergewissern, daß auch ja kein Stück fehlte.

Sie hatte ein Kind an der Hand, einen ungefähr siebenjährigen Jungen. Der Sohn hatte die gleichen hellen Haare wie sie und zeigte das gleiche gefaßte und beinahe hochmütige Lächeln. Er war so adrett herausgeputzt wie seine Mutter.

Die Dame des Hauses bedachte Alards abgerissene Erscheinung mit einem flüchtigen, mißbilligenden Blick, der von Zweifeln an seiner Ehrbarkeit sprach, zugleich aber die Bereitschaft verriet, die Fähigkeiten des Mannes zu akzeptieren und zu nutzen. Der Schreiber, der die Bücher des Anwesens führte und die Rechnungen beglich, machte seine Arbeit recht ordentlich, verstand aber kein Latein und war auch in der Kanzleischrift nicht gut unterwiesen. Alard wurde zu einem kleinen Tisch bugsiert, der in einer Ecke am großen Herd stand, und war bald darauf emsig damit beschäftigt, verschiedene Verträge und Briefe für die Vorlage bei Gericht zu kopieren.

»Der Prozeß geht gegen die Abtei von Shrewsbury«, erklärte Alard in der freien Stunde nach dem Abendessen in der Halle. »Ich erinnere mich, daß Ihr sagtet, Euer Mädchen hätte einen Kaufmann in jener Stadt geheiratet. Das Kloster in Shrewsbury ist ein Haus der Benediktiner, genau wie meines in Evesham.«

Er nennt es immer noch ›sein‹ Haus, obwohl er es vor so vielen Jahren verlassen hat, dachte Cadfael. Oder es ist jetzt wieder seines, nachdem der Lauf der Zeit fortgespült hatte, was einst trennend gewesen war.

»Ihr müßt es eigentlich kennen, wenn Ihr von dort kommt«, fügte Alard hinzu.

»Ich bin in Trefriw in Gwynedd geboren«, erklärte Cadfael, »aber ich habe mich schon früh bei einem englischen Wollhändler verdingt und bin mit seinem Haushalt nach Shrewsbury gekommen. Ich war damals vierzehn – in Wales ist man mit vierzehn ein Mann. Und weil ich mit dem Kurzbogen gut umgehen konnte und mich mit dem Schwert gelehrig anstellte, war ich wohl meinen Unterhalt wert. Den größten Teil der folgenden Jahre habe ich dann in Shrewsbury verbracht. Ich kenne den Ort wie meine Westentasche, samt Abtei und allem drum und dran. Mein Herr hat mich ein Jahr oder sogar länger hingeschickt, damit ich schreiben lernte. Aber ich habe das Haus verlassen, als er starb. Dem Sohn gegenüber war ich ja nicht verpflichtet, und er war nicht mehr als ein blasser Schatten seines Vaters. So kam es, daß ich mich dem Kreuzzug anschloß. Viele sind voller Inbrunst den gleichen Weg gegangen wie ich. Ich will nicht sagen, daß alles, was darauf folgte, vergebens war, aber es war auch nicht alles eitel Sonnenschein.«

»Mauduit hält ein Stück umstrittenen Landes besetzt«, erklärte Alard. »Die Abtei hat ihn verklagt, um es zurückzubekommen. Seit vier Jahren, seit der alte Herr gestorben ist, geht es nun hin und her, ohne daß eine Einigung erzielt worden wäre. Nach allem, was ich von den Benediktinern weiß, würde ich ihre Aufrichtigkeit höher einschätzen als die unseres Herrn Roger, das will ich gleich sagen. Aber trotzdem scheinen seine Urkunden echt zu sein, soweit ich das beurteilen kann.«

»Wo ist dieses Land, über das sie sich streiten?« fragte Cadfael.

»Es ist ein Anwesen mit Namen Rotesley. Es liegt in der Nähe von Stretton. Ein Erbhof samt Dorf und ein Patronat der Kirche. Es scheint, als hätte Rogers Vater der Abtei das Gut geschenkt, als der alte Earl gerade gestorben und die Abtei noch im Bau war. Darüber besteht kein Streit, und die Urkunde, aus der dies hervorgeht, läßt auch keinen Zweifel daran. Aber die Abtei hat es ihm als Lehen auf Lebenszeit zurückgegeben, damit er dort in Frieden seinen Lebensabend verbringen konnte. Roger war damals schon verheiratet und hatte sich hier in Sutton eingerichtet. Und an diesem Punkt beginnt der Zwist. Die Abtei behauptet, es sei eindeutig festgelegt worden, daß das Lehen mit dem Tod des alten Mannes enden und das Gut an die Abtei zurückfallen sollte, sobald er nicht mehr dort lebte. Roger behauptet nun, es sei nie die Rede davon gewesen, daß das Gut bedingungslos an die Abtei zurückfallen werde. Das Lehen sei vielmehr der Familie Mauduit gewährt worden und müsse als Erbrecht betrachtet werden. Er klammert sich mit Zähnen und Klauen daran. Nach einigen Verhandlungen hat er sich an den König selbst gewandt. Und deshalb werden wir beide, mein Freund, übermorgen mit seiner Lordschaft nach Woodstock aufbrechen.«

»Wie schätzt Ihr seine Erfolgsaussichten ein? Wenn man sieht, wie gereizt er ist und wie er seit gestern an den Nägeln kaut, scheint er seiner Sache selbst nicht sicher zu sein.«

»Nun, der Vertrag hätte durchaus klarer formuliert werden können. Was auch immer beabsichtigt gewesen sein mag, dort heißt es nur, daß das Dorf zu dessen Lebzeiten dem alten Mann gehören solle, aber es gibt kein Wort über das, was danach zu geschehen habe. Wie ich erfahren konnte, haben Abt Fulchered und der alte Herr auf gutem Fuße gestanden, und die Abkommen zwischen ihnen über andere Dinge, die im Hauptbuch des Anwesens festgehalten sind, klingen wie Absprachen zwischen Männern, die einander vertrauten. Die Zeugen sind inzwischen allesamt genauso tot wie Abt Fulchered. Dort ist jetzt ein gewisser Godefrid der Abt. Soweit ich weiß, könnte die Abtei jedoch im Besitz von Briefen sein, welche die beiden gewechselt haben, und ein Brief ist im gleichen Maße wie ein förmlicher Vertrag eine Absichtserklärung. Wir werden es ja bald sehen.«

Die Edelleute saßen noch an der herrschaftlichen Tafel und hatten es allem Anschein nach nicht eilig, sich zurückzuziehen. Roger brütete über seinem Wein, von dem er mittlerweile mehr als genug genossen hatte. Cadfael beobachtete neugierig, wie er sich hier im Kreise der Familie machte. Der Junge war, von einer ältlichen Amme gedrängt, bereits zu Bett gegangen. Lady Eadwina saß aufmerksam ihrem Herrn zur Linken und sorgte dafür, daß sein Becher nicht zur Neige ging, während sie ihr leichtes, sprödes Lächeln zeigte. Zu ihrer Linken saß ein äußerst vornehm ge-

kleideter junger Knappe von etwa fünfundzwanzig Jahren, ehrerbietig und bescheiden, mit einem Lächeln auf den Lippen,
das irgendwie ein männliches Spiegelbild
des ihren war. Die Ursache ihrer beider Lächeln, der Anlaß ihrer Freude oder ihres
Vergnügens, blieb ein Geheimnis. So wirkten beide ein wenig aufreizend, ähnlich
dem unergründlichen Lächeln auf den Gesichtern gewisser sehr alter Statuen, die
Cadfael vor langer Zeit in Griechenland gesehen hatte. So sanft und liebenswert und
vornehm sein Äußeres, und obwohl ge-
kämmt und herausgeputzt, er blieb unverkennbar ein großer, kräftig gebauter junger
Bursche mit einem kantigen und dennoch
glatten Kinn. Cadfael musterte neugierig
den jungen Mann, der hier eindeutig eine
bevorzugte Stellung genoß.

»Goscelin«, erklärte Alard, der den Blick
des Freundes bemerkt hatte. »Ihre rechte
Hand, während Roger fort war.«

Und wie es aussah, jetzt der Mann zu
ihrer linken Hand, dachte Cadfael. Denn
ihre linke und Goscelins rechte Hand steck-
ten heimlich unter dem Tisch, während sie
ihrem Mann liebreizende Worte ins Ohr flü-

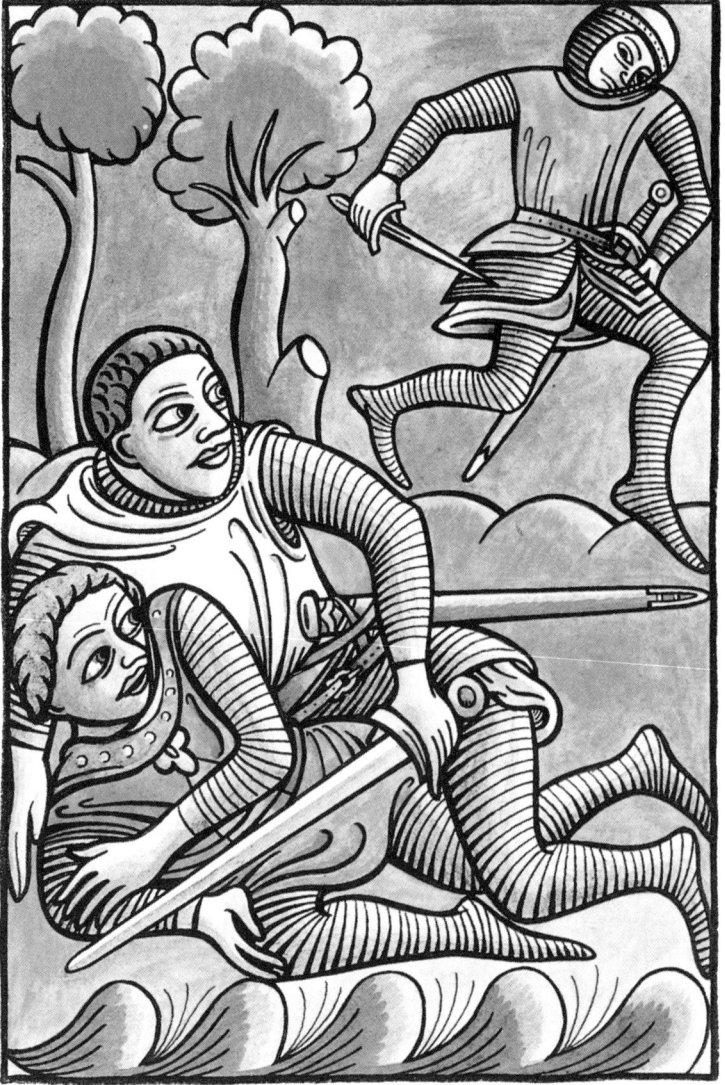

sterte, und Cadfael hätte sich schon sehr irren müssen, wenn diese beiden Hände einander nicht in diesem Augenblick liebkosten. Über und unter der Tischdecke waren zwei verschiedene Welten. »Ich frage mich«, sagte er nachdenklich, »was sie da Roger gerade ins Ohr haucht.«

Was die Dame des Hauses ihrem Gatten in diesem Augenblick ins Ohr hauchte, klang ungefähr so: »Ihr macht Euch Sorgen um Nichtigkeiten, mein Herr. Und wenn seine Beweise noch so gut sind, was nützen sie ihm, wenn er Woodstock nicht rechtzeitig erreicht, um sie vorzulegen? Ihr kennt doch das Gesetz: Wenn eine Partei nicht erscheint, wird zugunsten der anderen entschieden. Die Richter am Ort mögen ja nachsichtig sein, aber glaubt Ihr, König Henry ließe sich so etwas bieten? Wer zur angegebenen Zeit nicht erscheint, dem wird es augenblicklich schlecht ergehen. Und Ihr kennt die Straße, die Prior Heribert nehmen muß.« Ihre Stimme war ein seidenweiches Schnurren in seinem Ohr. »Und habt Ihr nicht auch ein Jagdhaus nördlich von Woodstock, an dem diese Straße vorbeiläuft?«

Rogers Hand spannte sich um den Stiel seines Weinglases. Er war noch nicht so betrunken, als daß er nicht hätte aufmerksam zuhören können.

»Von Shrewsbury nach Woodstock, das ist für einen Reiter wie ihn ein Ritt von zwei oder drei Tagen. Ihr braucht nur nördlich von Eurer Jagdhütte einen Posten an der Straße aufzustellen, der Euch rechtzeitig warnt. Die Wälder sind dicht, und es gibt genug herrenlose Männer, die dort jagen. Selbst wenn er bei Tageslicht daherkommt, wird man nie erfahren, daß Ihr etwas damit zu tun habt. Versteckt ihn ein paar Tage, bis es zu spät ist. Dann gebt ihn des Nachts wieder frei. Wer könnte je herausbringen, welche Wegelagerer ihn gefangen und ausgeraubt haben? Ihr braucht nicht einmal seine Dokumente anzutasten, die gewöhnliche Räuber ja auch für wertlos halten würden. Nehmt, was ein gemeiner Dieb ihm nehmen würde, und man wird gemeinen Dieben die Schuld geben.«

Roger tat den bis dahin fest geschlossenen Mund auf und brummte zweifelnd: »Er wird nicht allein reisen.«

»Ha! Zwei oder drei Diener aus der Abtei – die werden wie die Hasen wegrennen. Ihr solltet Euch ihretwegen keine Sorgen machen. Drei kräftige, schweigsame Männer aus Eurem Gefolge sind mehr als genug.«

Er brütete darüber und dachte nach einer Weile wie sie. Im Geiste überlegte er schon, welche Männer er aus seinem Gefolge auswählen und welche die richtigen Helfershelfer für solch eine Tat wären. Nicht der Waliser oder der Schreiber, die hier fremd waren. Sie mochten die ehrbaren, unbeteiligten Zuschauer spielen, falls überhaupt jemand Fragen stellen sollte.

Sie verließen Sutton Mauduit am zwanzigsten November. Das schien ein unnötig früher Zeitpunkt zu sein, aber Roger hatte beschlossen, sich in seiner Jagdhütte im Wald in der Nähe von Woodstock einzurichten, was bedeutete, daß seine Diener das Haus wohnlich herrichten und genügend Vorräte mitnehmen mußten, um es für den mindestens dreitägigen Aufenthalt ihrer Gruppe tauglich zu machen. Das war am Ende eine kluge Vorsichtsmaßnahme. Roger wollte bei seinem Rechtsstreit kein Risiko eingehen, wie er selbst sagte. Er wollte beizeiten eingerichtet sein und alle seine Dokumente in bester Ordnung wissen.

»Und das sind sie auch«, sagte Alard, dem diese Vorsicht etwas gegen die Berufsehre ging, »denn ich bin alles mit ihm durchgegangen, und der Fall liegt klar, weil es keine eindeutigen Anweisungen gab. Deshalb hat er gute Aussichten. Wer weiß, ob die Abtei überhaupt etwas aufzubieten hat. Wie man hört, ist der Abt nicht wohlauf, und deshalb kommt der Prior an seiner Statt. Ich habe meine Arbeit getan.«

Er hatte etwas Abwesendes in den Augen, als die Gruppe losritt und sich gen Westen wandte. Es war entweder der Blick eines Menschen, der sich festgenagelt fühlte und sich an einen Ort wünschte, wo er etwas Neues zu sehen bekäme, oder der Blick eines Menschen, der seiner Ungebundenheit überdrüssig war und sich nach Hause sehnte. Entweder ein *vagus*, der in die Ferne fliehen wollte, oder ein reumütiger Sünder, der nach Hause eilte, bevor ihm die Türe vor der Nase versperrt wurde. Es mußte zumindest etwas Begehrenswertes und Liebliches sein, das einen Mann mit diesem Gesichtsausdruck in die Ferne blikken ließ.

Abgesehen von Alard und Cadfael – deren Dienste nach der Gerichtsverhandlung enden würden, woraufhin sie frei waren zu gehen, wohin sie wollten –, nahm Roger drei Bewaffnete und zwei Burschen mit. Cadfael ritt auf seinem eigenen Pferd, Alard war zu Fuß, weil das Pony, das er geritten hatte, Roger gehörte. Cadfael war überrascht, als der Knappe Goscelin ebenfalls sein Pferd sattelte, um die Gruppe zu begleiten. Er wirkte aufgeräumt und war mit Schwert und Dolch gut bewaffnet.

»Ich frage mich«, murmelte Cadfael bei sich, »warum die Herrin ihn nicht als Schutz daheim behält, während ihr Herr auf Reisen ist.«

Lady Eadwina aber verabschiedete sich von der ganzen Gruppe heiter und von ihrem Gatten sogar mit demonstrativer Zuneigung. Sie hielt ihm den kleinen Sohn hin, daß er ihn umarmen und küssen konnte. Vielleicht, dachte Cadfael nachsichtig, vielleicht habe ich ihr Unrecht getan. Vielleicht hat mich nur dieses Lächeln frösteln lassen. Sie mag am Ende doch die treueste aller Ehefrauen sein.

Sie brachen am frühen Morgen auf und machten ein Stück vor Buckingham an der kleinen und ärmlichen Priorei von Bradwell halt. Roger wollte dort die Nacht verbringen und seine drei Bewaffneten bei sich behalten, während Goscelin und die anderen Begleiter zur Jagdhütte vorausritten, um sie für die Ankunft des Herrn am folgenden Tag vorzubereiten. Es wurde schon dunkel, als sie dort ankamen, und das geschäftige Anzünden von Feuern und Fakkeln, das Abladen der Bettwäsche und der Vorräte von den Packpferden zog sich bis in die Nacht hin. Die Hütte war klein und mit einem Palisadenzaun eingefriedet. Sie war gut ausgestattet mit Vieh- und Pferdeställen und lag mitten im dichten Wald. Es war ein Ort, an dem sie sich gemütlich einrichten konnten, sobald das Feuer im Herd brannte und das Essen auf dem Tisch stand.

»Die Straße, über die der Prior von Shrewsbury kommen wird«, sagte Alard, während er sich nach dem Abendessen am Feuer aufwärmte, »läuft durch Evesham.

Nicht auszuschließen, daß sie die letzte Nacht dort verbringen werden.« Mit jeder Meile, die sie weiter nach Westen kamen, so dachte Cadfael, schien Alard angestrengter nach vorn zu blicken. »Die Straße kann nicht weit von uns entfernt sein, sie verläuft durch diesen Wald.«

»Es sind beinahe dreißig Meilen bis Evesham«, gab Cadfael zurück. »Das ist ein langer Tagesmarsch für reitende Kirchenleute. Es würde Nacht, ehe sie Woodstock erreichten. Wenn Ihr Abschied nehmen wollt, bleibt wenigstens lange genug, um Euren Sold in Empfang zu nehmen, denn Ihr würdet ihn brauchen, noch ehe Ihr die dreißig Meilen zurückgelegt habt.«

Ohne ein weiteres Wort legten sie sich in der warmen Halle zum Schlafen nieder. Ob Alard selbst es in diesem Augenblick schon wußte oder nicht, Cadfael war sicher, daß er gehen würde. Sein Freund war ein müdes Pferd, das den Stallgeruch schon in den Nüstern hatte und das sich von nichts und niemandem würde aufhalten lassen, bis es den Stall erreicht hatte.

Roger traf mit seiner Eskorte erst gegen Mittag ein. Sie kamen nicht auf dem direkten Weg wie der Voraustrupp, sondern aus dem Waldland im Norden, als hätten sie sich unterwegs etwas Zeit zum Jagen oder Falknern genommen. Obschon sie weder Falken noch Jagdhunde bei sich hatten. Es war klar und kühl, ein schöner Tag zum Reiten, und es gab keinen Grund, warum sie nicht einfach aus Lust an der Bewegung einen Umweg hätten machen sollen – und in der Tat, als sie ankamen, schienen sie äußerst zufrieden. Andererseits aber hatte Roger die letzten Tage fast nur noch an seine Verhandlung gedacht und sich diesbezüglich Sorgen gemacht, daß die Vorstellung, er könne sich einer derartigen Zerstreuung hingegeben haben, eher unwahrscheinlich anmutete. Cadfael konnte nicht umhin, über unverhoffte Wendungen nachzudenken, die sich, wie er aus vielen Feldzügen wußte, in den meisten Fällen als bedeutsam erwiesen hatten. Goscelin, der sie draußen am Tor begrüßte, bemerkte offenbar nicht, aus welcher Richtung sie kamen. In jener Richtung lag der Weg, der Alard zu seiner Beschaulichkeit führen sollte. Aber was hatte Roger Mauduit dort zu schaffen?

Am Abend wurde der Tisch reich gedeckt, und Herr und Knappe tranken und aßen reichlich. Sie geben sich völlig unbekümmert, dachte Cadfael, der sie von seinem Platz weiter unten an der Tafel beobachtete, obgleich sie unter der Oberfläche ein wenig angespannt und gereizt wirken. Nun, das mochte man mit der bevorstehenden Gerichtsverhandlung unter Vorsitz des Königs erklären. Der Prior von Shrewsbury kam beharrlich näher, mit wer weiß welchen Waffen für den gerichtlichen Kampf gerüstet. Andererseits sah die Spannung eher nach Vorfreude als nach Unsicherheit aus. Ob Roger seine Schäfchen schon im trocknen wußte?

Der Morgen des zweiundzwanzigsten November dämmerte, die Mittagszeit verstrich, und mit jedem Moment wurde Alard ruheloser und zerfahrener. Am Abend übermannte ihn seine Ungeduld, und er konnte nicht länger widerstehen. Er wurde nach dem Abendessen bei Roger vorstellig, weil er hoffte, der Herr sei nach gutem Essen und dem Wein milde gestimmt.

»Milord, morgen endet meine Dienstzeit für Euch. Ihr braucht mich nicht mehr, und wenn Ihr es gestattet, würde ich mich gern jetzt schon zu meinem Ziel aufmachen. Ich werde zu Fuß reisen und brauche Vorräte für den Weg. Wenn Ihr mit meiner Arbeit zufrieden wart, dann zahlt mir aus, was Ihr mir schuldig seid, und laßt mich ziehen.«

Es schien, als schreckte Roger aus ähnlich dringlichen Überlegungen auf, und als hätte er es eilig, sich ihnen wieder zuzuwenden, denn er zierte sich keine Sekunde, sondern zahlte den Schreiber an Ort und Stelle aus. Um ihm Gerechtigkeit widerfahren zu lassen, ein geiziger Zahlmeister war er ohnehin nie gewesen. Er wußte zäh und hart zu verhandeln, aber er hielt sich stets an die Abmachungen, die er getroffen hatte.

»So geht, wenn Ihr wollt«, sagte er. »Füllt in der Küche Euren Ranzen mit Wegzehrung auf, bevor Ihr aufbrecht. Ihr habt gute Arbeit geleistet, das muß ich Euch lassen.«

Dann wandte er sich wieder den Gedanken zu, die ihn schon vorher beschäftigt hatten, und Alard machte sich auf, die Dreingabe und seine wenigen Habseligkeiten zu holen.

»Ich gehe jetzt«, sagte er, als er Cadfael an der Tür der Halle traf. »Ich muß fort.« In Stimme und Gesicht war jetzt kein Zweifel mehr. »Sie werden mich wieder aufnehmen, wenn auch im niedrigsten Rang. Von dort aus kann ich wenigstens nicht tiefer fallen. Der gesegnete Benedikt schrieb in seiner Regel, daß man einen Mann selbst dann noch aufnehmen müsse, wenn er zum dritten Mal davongelaufen sei, solange er nur die volle Wiedergutmachung verspreche.«

Es war eine dunkle Nacht, weder Mond noch Sterne waren zu sehen, aber hin und wieder riß der Wind die Wolkendecke ein Stückchen auf, und einen Moment lang war ein Strahl des Mondlichts zu sehen. In den letzten beiden Tagen war es böig und stürmisch geworden. Die Flotte des Königs hatte von Barfleur sicherlich eine rauhe Überfahrt gehabt.

»Es wäre wohl besser«, riet Cadfael, »wenn Ihr bis zum Morgen warten könntet und bei Tageslicht geht. Hier gibt es ein sicheres Bett für Euch. Der Friede des Königs, so energisch er auch durchgesetzt wird, kann schwerlich jede einzelne Meile der königlichen Straßen schützen.«

Aber Alard wollte nicht warten. Die Sehnsucht in ihm brannte zu heftig, und ein mittelloser Vagabund, der Tag und Nacht über alle dem Christentum bekannten Wege gegangen war, würde nicht vor den letzten dreißig Meilen seiner Wanderschaft noch zurückschrecken.

»Dann werde ich Euch wenigstens bis zur Straße begleiten und dafür sorgen, daß Ihr wohlbehalten auf den richtigen Weg kommt«, sagte Cadfael.

Zwischen ihnen und der Straße, die bergauf in Richtung Westnordwest nach Evesham verlief, lag ungefähr eine Meile dichter Wald. Das Band der offenen Straße, an deren Seiten sich Bäume drängten, war jedoch kaum weniger dunkel als der Wald selbst. König Henry hatte seinen privaten Park in Woodstock einzäunen lassen, um seine wilden Tiere unterzubringen, aber ringsherum erstreckte sich auf viele Meilen sein Jagdgebiet. An der Straße verabschiedeten sie sich voneinander, und Cadfael blieb noch eine Weile stehen, um dem Freund nachzublicken, der mit gleichmäßigem Schritt nach Westen ging, die Augen geradeaus gerichtet, seine Buße und Absolution erwartend. Ein müder Mann, der endlich Ruhe finden würde.

Cadfael kehrte zur Hütte zurück, sobald der Schatten des Freundes im Dunkel verschwunden war. Er hatte es nicht eilig, hineinzugehen und sich zur Nacht zu betten. Es war zwar windig, aber nicht kalt, und ihm stand nicht der Sinn nach der Gesellschaft der anderen Reisegefährten, nachdem derjenige, den er am besten gekannt hatte, in geheimnisvoller Entrücktheit fortgegangen war. Er wanderte zwischen den Bäumen umher und ließ sein Bett noch eine Weile warten.

Das ständige Peitschen der Zweige im Wind hätte das Getrampel von Füßen und das Rufen, das plötzlich in einiger Entfernung hinter ihm zwischen den Bäumen losbrach, beinahe verschluckt. Dann aber ließ ihn das schrille Wiehern eines Pferdes aufschrecken, und sogleich rannte er durchs Unterholz zu der Stelle, wo im Stimmengewirr Alarmrufe zu hören waren und Äste unter eiligen Füßen brachen. Der Lärm schien ein Stück entfernt, und er erschrak, als er, während er sich ungestüm durch ein Dickicht drängte, schwer mit zwei ineinander verschlungenen Körpern zusammenprallte. Durch den Aufprall wurden die

Kämpfer voneinander getrennt, und Cadfael selbst kam auf einem von ihnen im flachgedrückten Gras zu liegen. Der Mann unter ihm stieß einen erschreckten und wütenden Schrei aus. Es war Roger. Der zweite Mann gab keinen Ton von sich, sondern huschte rasch und leichtfüßig durch die Bäume davon, ein großer Schatten, der von anderen Schatten verschluckt wurde.

Cadfael zog sich hastig zurück und reichte Roger die Hand, um dem abgekämpften Mann zu helfen. »Herr, seid Ihr verletzt? Was, in Gottes Namen, ist hier geschehen?« Der Ärmel, den er gepackt hatte, lag warm und feucht in seiner Hand. »Ihr seid verletzt! Haltet still, laßt mich sehen, wie schwer die Verletzung ist, ehe Ihr Euch bewegt...«

In dem Moment war auch Goscelin zu hören. Zugleich laut und energisch, aber auch voller Sorge, rief er nach seinem Herrn, während er durch Busch und Unterholz stürmte, um schließlich klagend und schimpfend neben Roger auf die Knie zu sinken.

»Milord, Milord, was ist hier geschehen? Was waren das für Räuber, die hier im

Wald umgehen? Daß sie es wagen, so nahe an der Straße des Königs Reisenden aufzulauern! Ihr seid verletzt – das ist Blut...«

Roger kam wieder zu Atem und setzte sich auf. Er tastete seinen linken Arm unterhalb der Schulter ab und zuckte zusammen. »Nur ein Kratzer. Mein Arm... Gott verfluche den Kerl, wer es auch war. Der Bursche hat nach meinem Herzen gestochen. Mann, wenn Ihr Euch nicht dazwischengeworfen hättet wie ein wütender Stier, könnte ich jetzt tot sein. Ihr habt mich von der Spitze seines Dolchs fortgerissen. Gott sei Dank bin ich nicht schwer verletzt, aber ich blute... helft mir ins Haus!«

»Daß man in seinen eigenen Waldungen des Nachts nicht mehr sicher ist«, schnaubte Goscelin, während er seinem Herrn vorsichtig auf die Beine half, »und darauf gefaßt sein muß, von Vogelfreien angegriffen zu werden! Faßt dort an, Cadfael, nehmt seinen anderen Arm... Wegelagerer so nahe an Woodstock! Morgen müssen wir eine Wache ausschicken und die Spuren prüfen und sie jagen, bevor sie noch jemand umbringen...«

»Schafft mich ins Haus«, raunzte Roger,

»und zieht mir Mantel und Hemd aus, damit wir die Blutung stillen können. Ich bin noch am Leben, und das ist die Hauptsache!«

Sie nahmen ihn zwischen sich und halfen ihm über offeneres Gelände zur Hütte. Unterwegs wurde Cadfael allmählich gewahr, daß der Kampflärm völlig erstorben war. Der Wind war abgeflaut, und irgendwo auf der Straße war in einiger Entfernung der Rhythmus galoppierender Hufe zu hören, schnell und leicht wie von einem reiterlosen Pferd, das verängstigt floh.

Der Schnitt in Roger Mauduits Arm saß knapp unterhalb der Achsel. Er war lang aber nicht tief und wurde nach unten hin sogar flacher. Gut möglich, daß der Streich, der ihn auf diese Weise getroffen hatte, auf das Herz gezielt gewesen war. Cadfaels Aufprall, just in dem Augenblick, als der Angriff erfolgen sollte, hatte also einen Mord verhindert. Der Schatten, der von der Nacht verschluckt worden war, hatte keine Form gehabt, nichts daran war menschlich oder irgendwie erkennbar gewesen. Cadfael hatte einen Schrei gehört und war in die betreffende Richtung gelaufen. Er war wie ein Geschoß gekommen und hatte Angreifer und Angegriffenen voneinander getrennt. Mehr wußte er nicht zu sagen, als man ihn befragte.

Aber dafür, sagte der mittlerweile verbundene und mit Glühwein versorgte Roger, war er herzlich dankbar. Und wirklich, für einen Mann, der gerade dem Tode entronnen war, wirkte Roger bemerkenswert gleichmütig und ruhig. Nachdem er dann seinen entsetzten Burschen und Bewaffneten gezeigt hatte, daß er lebendig und nicht schwer verletzt war, nachdem er die Stunde festgelegt hatte, zu der sie am nächsten Morgen nach Woodstock aufbrechen wollten, und nachdem Goscelin ihm zu Bett geholfen hatte, schien er sogar beinahe zufrieden, als sei ein Schnitt im Arm ein kleiner Preis für die erfolgreiche Inanspruchnahme eines wertvollen Besitzes und die Niederlage seiner kirchlichen Gegner.

Im Hof des Palastes von Woodstock huschten die Kammerdiener, Schreiber und Richter des Königs mit seltsam abwesenden Gesichtern hin und her. So kam es jedenfalls

Cadfael vor, der etwas abseits beim gemeinen Volk stand und dem Treiben zusah. Sie sammelten sich zu kleinen Gruppen und redeten mit gedämpften Stimmen und gesetzten Mienen, lösten sich wieder voneinander, um neue Gruppen mit anderen ihres Standes zu bilden, eilten zwischen den Prozeßparteien hin und her, wichen allen Fragen aus oder taten sie unwirsch ab, tauschten Dokumente aus und sprangen zur Tür, um hinauszuspähen, als warteten sie auf Nachzügler. Und wirklich gab es einen Prozeßbeteiligten, der sich verspätet hatte, denn unter den Versammelten war nirgends ein Benediktinerprior zu sehen, und anscheinend war niemand imstande, sein Fehlen zu erklären oder zu begründen. Roger Mauduit aber wirkte trotz seines steifen und schmerzenden Arms entspannt und immer zuversichtlicher, bis er nahezu vor Zufriedenheit zu strahlen schien.

Es war sogar schon ein paar Minuten nach der festgesetzten Stunde, als vier aufgeregte junge Burschen, zwei von ihnen Benediktinerbrüder, eilig hereinkamen und sich an den vorsitzenden Schreiber wandten.

»Sir«, platzte der Anführer ebenso erregt wie entsetzt heraus, »wir sind von der Abtei in Shrewsbury gekommen, um unseren Prior zu begleiten, der wegen einer Gerichtsverhandlung hierher unterwegs war. Sir, Ihr müßt ihn entschuldigen, denn es ist weder seine noch unsere Schuld, daß er nicht erscheinen kann. Mitten im Wald und etwa zwei Meilen nördlich von hier hat uns letzte Nacht, als wir im Dunklen hierherritten, eine Bande gesetzloser Räuber angegriffen. Sie haben unseren Prior gepackt und verschleppt...«

Der Sprecher hatte vor Aufregung schrill die Stimme gehoben, und inzwischen hörte ihm jedermann in der Halle zu. Vor allem Cadfael spitzte die Ohren. Vogelfreie Männer, die höchstens zwei Meilen vor Woodstock ihrem schmutzigen Handwerk nachgingen? Das mußten dieselben sein, die auch Roger Mauduit angegriffen und beinahe getötet hatten. Es war schon erstaunlich genug, daß sich überhaupt eine Bande so nahe an den Sitz des Königs heranwagte, und es gab sicherlich nicht deren zwei. Der Schreiber nahm die Neuigkeit voller Entsetzen zur Kenntnis.

»Ergriffen und verschleppt? Und Ihr vier wart bei ihm? Ist das die Möglichkeit? Wie viele waren es denn, die Euch angegriffen haben?«

»Genau können wir es nicht sagen. Es waren mindestens drei – aber sie hatten uns einen Hinterhalt gelegt, und wir hatten keine Chance, uns zu wehren. Sie haben ihn vom Pferd gezogen und sind sofort mit ihm zwischen den Bäumen verschwunden. Sie kannten sich im Wald aus, ganz im Gegensatz zu uns. Sir, wir haben sie sogar verfolgt, aber sie haben uns fortgeprügelt.«

Es war offensichtlich, daß sie ihr Bestes gegeben hatten, denn zwei von ihnen hatten Prellungen und Kratzer davongetragen, und bei allen war die Kleidung verschmutzt und zerrissen.

»Wir haben die ganze Nacht gesucht, aber keine Spur gefunden. Nur sein Pferd haben wir eine Meile die Straße hinunter eingefangen, als wir herkamen. Wir bitten also darum, die Abwesenheit unseres Priors nicht als Verschulden auszulegen, denn wenn alles verlaufen wäre, wie es hätte verlaufen sollen, dann wären wir schon gestern abend in der Stadt angekommen.«

»Still, wartet!« unterbrach der Schreiber energisch.

Alle Köpfe flogen herum zur Tür, wo plötzlich eine Traube von Beamten auftauchte, die sich mit zielstrebiger und unheildrohender Eile einen Weg zum noch leeren Thron des Königs in der Mitte des Raumes bahnten. Ein älterer, befehlsgewohnter Kammerherr pochte mit seinem Stab auf den Boden und gebot Schweigen. Als die Anwesenden sein Gesicht sahen, legte sich ein gedrücktes Schweigen über den Raum.

»Milords, Gentlemen, alle die Ihr heute in Rechtsangelegenheiten gekommen seid und alle anderen Anwesenden, Ihr werdet gebeten, Euch zu entfernen, da heute keine Gerichtsverhandlungen stattfinden können. Alle Verhandlungen, die heute durchgeführt werden sollten, müssen um drei Tage verschoben werden. Dann sollen die Klagen vom Gericht Seiner Majestät angehört werden. Seine Gnaden der König kann nicht erscheinen.«

Dieses Mal senkte sich das Schweigen wie ein schwerer Vorhang und erdrückte sogar Gedanken oder Flüche.

»Der Hofstaat ist von diesem Augenblick an in Trauer. Wir haben ebenso wichtige wie traurige Nachrichten bekommen. Seine Gnaden hat, wie bekannt ist, zusammen mit dem größten Teil seiner Flotte wohlbehalten die Überfahrt nach England hinter sich gebracht, aber die *Blanche Nef,* auf welcher Prinz William, der Sohn und Erbe Seiner Gnaden, zusammen mit seinen Gefährten und vielen anderen edlen Männern gereist sind, stach zu spät in See und wurde deshalb von den Stürmen erfaßt, ehe sie Barfleur noch richtig verlassen hatte. Das Schiff ist verloren, an einem Felsen zerschellt und mit Mann und Maus untergegangen. Nicht eine Seele hat das Land erreichen können. Geht still von dannen und betet für die Seelen, die jetzt in ein anderes Reich übergehen.«

So endete also der einjährige Triumphzug des Königs – mit einem sinnlosen Erfolg und einem vernichtenden Sieg. Die Normandie gewonnen, die Feinde bezwungen, und nun, da alle Hindernisse aus dem Weg geräumt waren, ging alles in der heimtückischen See unter. Der einzige rechtmäßige Thronfolger, der erst vor kurzem eine prachtvolle Hochzeit gefeiert hatte, sollte nun nicht einmal einen Sarg und ein Grab bekommen, denn wenn man jemals die königlichen Toten finden sollte, dann nur dank der unermeßlichen Gnade Gottes, weil das Meer seine Eroberungen nur selten bei Barfleur anspülte. Sogar einige seiner nicht anerkannten Söhne, von denen es nicht wenige gab, waren mit ihrem königlichen Bruder untergegangen. Niemand außer der einzig rechtmäßigen Tochter hatte überlebt, um das beraubte Königreich zu erben.

Cadfael zog sich in einen Winkel des königlichen Parks zurück und dachte über die Vergänglichkeit menschlicher Eitelkeiten nach, für die manchmal ein so hoher Preis gezahlt werden mußte. Aber er dachte ebenso über die Angelegenheiten geringerer Menschen nach, denen auch ein unglücklicher König Gerechtigkeit widerfahren lassen mußte. Man mußte nach wie vor den verschleppten Prior von Shrewsbury suchen, den vogelfreie Männer im Wald entführt hatten. Falls nicht jemand in der Zwischenzeit herausbrachte, wo er zu finden war, würde der kirchliche Kläger am

Ende in drei Tagen immer noch verschollen sein, wenn sein Fall endlich verhandelt werden sollte.

Über diesen Punkt begann Cadfael zu zweifeln. Eine Bande von Gesetzlosen so nahe an einem Palast des Königs, das war recht unwahrscheinlich, und über das Unwahrscheinliche dachte Cadfael mit Vorliebe nach. Daß es gleich zwei solcher Banden geben sollte – nein, das war unmöglich. Und wenn es nur eine war, dann war es die gleiche, deren Überfall auf Roger Mauduits Jagdhütte er miterlebt hatte. Aus einiger Entfernung zwar, aber immerhin noch nahe genug, als daß man ruhig hätte schlafen können.

Wahrscheinlich waren die armen Brüder aus Shrewsbury schon wieder in die Wildnis aufgebrochen, um den Wald abzusuchen. Cadfael wußte besser als sie, wo man suchen mußte. Roger war angesichts der Verzögerung sicherlich etwas besorgt, aber er hatte keinen Grund anzunehmen, daß der Gefangene binnen drei Tagen freigelassen werden würde, um doch noch gegen ihn auszusagen. Er würde wohl auch kaum darauf achten, was sein walisischer Bewaffneter in der Zwischenzeit unternahm.

Cadfael holte sein Pferd und ritt ohne Eile zur Jagdhütte zurück. Er brach in der frühen Abenddämmerung auf, sobald in Mauduits Gemächern das Abendessen vorbei war. Um diese Tageszeit achtete niemand mehr auf ihn. Roger brauchte nichts zu tun, als drei Tage den Mund zu halten und bei Verstand zu bleiben, und dann würde man ihm das strittige Gut zusprechen. Schließlich und endlich verlief doch alles in seinem Sinne.

Zwei Bewaffnete und ein Bursche waren in der Jagdhütte zurückgeblieben. Cadfael bezweifelte, daß der Mann, den sie bewachten, im Haus selbst untergebracht war, denn wenn man ihm nicht die Augen verband, würde er zuviel über seine Umgebung erfahren, und damit wäre das Märchen von den vogelfreien Männern zum Teufel. Nein, man hielt ihn sicher im Dunkeln oder bei schwachem Licht gefangen, irgendwo im Stroh oder unter den Bodenplanken einer kleinen Hütte. Man würde ihn ausreichend, aber mit einfacher Nahrung versorgen, wie es vogelfreie Männer täten, die einen Gefangenen hatten, den sie aus Angst oder Aberglauben nicht zu töten wagten, und den sie an einem fernen Ort, aller Wertsachen beraubt, wieder freilassen würden. Andererseits mußte er aber irgendwo im Innern der Einfriedung stecken, denn sonst wäre das Risiko zu groß, daß jemand ihn fand. Zwischen dem Tor und dem Haus gab es genug Bäume, die den Blick auf das Gelände versperrten. Die Männer hatten ihn vermutlich irgendwo in den Ställen und Scheunen oder in einer leeren Gesindehütte untergebracht.

Cadfael band sein Pferd in guter Deckung und in einiger Entfernung von der Jagdhütte fest und bezog seinen Posten in einer hohen Eiche, von der aus er über den Zaun in den Innenhof spähen konnte.

Er hatte Glück. Die drei, die dort drinnen Wache hielten, speisten erst in aller Ruhe selbst, ehe sie ihren Gefangenen versorgten. Sie warteten damit, bis es dunkel wurde. Als der Bursche endlich mit einem Krug und einer Schale aus der Halle trat, hatten Cadfaels Augen sich längst an das Zwielicht gewöhnt. Sie benahmen sich recht sorglos, und sie mußten ja tatsächlich kaum fürchten, von irgend jemandem bei ihrem Tun gestört zu werden. Der Bursche verschwand einen Moment lang zwischen den Bäumen innerhalb der Einfriedung, aber dann tauchte er vor einem niedrigen Gebäude, das dicht am Zaun stand, wieder auf. Er stellte den Krug kurz ab, als er einen schweren Riegel, der die Tür sicherte, zurückschob. Dann verschwand er im Gebäude. Die Tür knallte hinter ihm zu, als hätte er sie mit dem Hinterteil zugedrückt. Auch bei einem älteren Kirchenmann wollte er anscheinend kein Risiko eingehen. Ein paar Minuten später tauchte er mit leeren Händen wieder auf, schob den Riegel erneut vor die Tür und kehrte pfeifend in die Halle zurück, um sich wieder Mauduits Ale zuzuwenden.

Nicht die Ställe und nicht die Hütten, sondern ein kleiner, gedrungener Heuschober, der auf kurzen, kräftigen Pfählen ruhte. Wenigstens hatte der Prior ein weiches Lager.

Cadfael wartete, bis das letzte Licht verblaßt war, ehe er sich in Bewegung setzte. Die hölzerne Einfriedung war stabil und hoch, aber mehrere alte Bäume reckten von draußen Äste über den Zaun, und es war nicht schwer, daran hochzuklettern und sich auf der anderen Seite in das hohe Gras fallen zu lassen. Zuerst wandte Cadfael sich zum Tor und öffnete die schmale Pforte, die darin eingelassen war. Durch die Läden der Halle drang in dünnen Streifen Fackelschein heraus, nichts regte sich. Cadfael faßte den schweren Riegel des Heuschobers und zog ihn vorsichtig aus der Verankerung. Dann schob er die Tür ein Stück weit auf und flüsterte durch den Spalt: »Ehrwürdiger Vater ...?«

Sofort raschelte drinnen das Heu, aber es kam keine Antwort.

»Vater Prior, seid Ihr da? Leise ... seid Ihr gefesselt?«

Zögernd und mit zitternder Stimme antwortete der Geistliche: »Nein.« Und einen Augenblick darauf, schon etwas zuversichtlicher: »Mein Sohn, Ihr seid doch keiner dieser sündigen Männer?«

»Ein Sünder bin ich zwar, aber ich gehöre nicht zu ihnen. Still jetzt! Ich habe ein Pferd in der Nähe. Ich bin aus Woodstock gekommen, um Euch zu suchen. Gebt mir die Hand, Vater, und kommt heraus.«

Aus dem nach Heu duftenden Dunkel wurde Cadfael ein Arm entgegengestreckt. Der Prior packte Cadfaels Hand, als wollte er sie nie wieder loslassen. Einen Moment lang glänzte der helle Fleck einer Tonsur, dann kam eine kleine, rundliche Gestalt hervorgekrochen und trat ins hohe Gras hinaus. Der Mann war klug genug, seinen Atem vorerst nicht für Fragen zu verschwenden. Fügsam und schweigend wartete er ab, bis Cadfael die Tür des nun leeren Gefängnisses wieder versperrt hatte. Dann nahm Cadfael den Befreiten an der Hand und führte ihn leise am Zaun entlang zur vorsorglich schon geöffneten Pforte im großen Tor. Erst als die Tür hinter ihnen geschlossen war, stieß der Mönch einen gewaltigen, dankbaren Seufzer aus.

Sie waren draußen, es war geschafft, und man würde die Flucht erst am Morgen bemerken. Cadfael führte den Prior zu seinem angebundenen Pferd. Um sie herum lag still und schweigend der Wald.

»Reitet Ihr, Vater. Ich werde neben Euch herlaufen. Es sind nur zwei Meilen bis Woodstock. Wir sind in Sicherheit.«

Verwirrt und befremdet angesichts der

unverhofften Wendung war der Prior ver-
trauensvoll und gehorsam wie ein Kind.
Erst als sie auf der stillen Straße waren,
sagte er traurig: »Ich habe versagt. Mein
Sohn, Gott möge Euch diese Freundlichkeit,
die ich noch gar nicht zu fassen vermag,
vergelten. Denn wie wußtet Ihr von mir,
und wie wußtet Ihr, wo ich zu finden war?
Ich weiß überhaupt nicht, was mir geschehen ist. Und ich bin kein besonders tapferer
Mann... aber mein Versagen ist nicht Eure
Schuld, und Euch gilt so oder so mein
voller Dank.«

»Ihr habt nicht versagt, Vater«, gab Cadfael knapp zurück. »Die Klage ist noch
nicht verhandelt. Die Verhandlung soll erst
in drei Tagen sein. Alle Eure Gefährten sind
wohlbehalten in Woodstock angelangt.
Nur, daß sie sich Euretwegen Sorgen machen und Euch suchen. Wenn Ihr wißt, wo
sie untergekommen sind, würde ich Euch
vorschlagen, daß Ihr noch jetzt in der Nacht
zu ihnen geht und Euch nicht öffentlich
sehen laßt, bis Euer Fall verhandelt wird.
Denn wenn diese Falle gestellt wurde, um
Euch daran zu hindern, vor dem Gericht
des Königs auszusagen, ist nicht auszu-

schließen, daß es weitere Versuche dieser Art geben wird. Habt Ihr Eure Beweismittel bei Euch? Hat man sie Euch nicht weggenommen?«

»Bruder Orderic, mein Schreiber, hatte die Dokumente bei sich, aber er darf nicht vor Gericht auftreten. Nur ich bin berechtigt, meinen Abt zu vertreten. Aber, mein Sohn, wie kommt es, daß der Fall noch nicht verhandelt wurde? Der König hält sich streng an festgesetzte Abmachungen, das ist allgemein bekannt. Wie kommt es, daß Gott und Ihr mich vor Schmach und Verlust retten konntet?«

»Vater, der König konnte aus einem sehr traurigen Grund nicht rechtzeitig kommen.«

Cadfael erzählte ihm die Geschichte und berichtete, wie die Hälfte der jungen Ritterschaft Englands auf einen Schlag ausgelöscht worden war, und daß der König jetzt ohne Erben dastand. Prior Heribert begann sogleich entsetzt und erschrocken für die Toten und die Lebenden zu beten. Während der Geistliche bekümmert Gebete flüsterte, lief Cadfael schweigend neben dem Pferd her. Was hätte er auch sagen können?

Höchstens, daß König Henry auch in dieser schweren Stunde den Wunsch hatte, Gerechtigkeit zu üben, und das gereichte einem Monarchen sicherlich zur Ehre. Erst als sie die schlafende Stadt erreichten, unterbrach Cadfael die inbrünstigen Gebete des Priors mit einer eigenartigen Frage.

»Vater, war einer Eurer Begleiter bewaffnet? Hatte einer einen Dolch oder eine ähnliche Waffe?«

»Nein, Gott behüte!« sagte der Prior erschrocken. »Wir haben nichts mit Waffen im Sinn. Wir vertrauen auf den Frieden Gottes und auf Erden auf den Frieden des Königs.«

»Das dachte ich mir«, sagte Cadfael nickend. »Die Kriegskunst ist nicht Eure Kunst.«

Cadfael konnte an Mauduits verändertem Gebaren erkennen, wann ihn am nächsten Tag die Kunde erreichte, daß der Gefangene entflohen war. Den ganzen Tag über lief er nervös herum und spitzte die Ohren, ob irgendwelche neuen Gerüchte in der Stadt die Runde machten. Ängstlich flogen seine Blicke hin und her, ob er nicht irgendwo auf der Straße Prior Robert entdeckte, der zu den Offizieren des Königs stürzte, um eine Anzeige vorzutragen. Aber als die Stunden verstrichen und nichts Aufregendes geschah, entspannte er sich allmählich wieder und begann auf eine wundersame Erlösung zu hoffen. Die Benediktinerbrüder ließen sich, stumm und mit düsteren Gesichtern, hier und dort blicken. Sie hatten gewiß nichts von ihrem Prior erfahren. Es gab nichts weiter zu tun, außer die Zähne zusammenzubeißen und die Fassung zu wahren. Er konnte nur hoffen und warten.

Der zweite Tag verging, und der dritte Tag brach an. Mauduit war jetzt guter Dinge, denn er hatte immer noch nichts gehört. Er trat, seine Urkunden in der Hand, selbstbewußt vor den Richter des Königs. Die Abtei war in diesem Fall die Klägerin. Wenn alles gut verlief, brauchte Roger seinen Fall nicht einmal vorzutragen, denn die Klage würde abgewiesen werden, wenn der Kläger nicht erschien.

Wie vernichtend war der Schreck, als es plötzlich eine Unruhe an der Tür gab, und als genau zur vorbestimmten Stunde ein kleiner, rundlicher und wenig beeindrukkender Mann in der Kutte der Benediktiner in die Halle kam! Er trug ein Bündel Schriftrollen, und seine Mitbrüder folgten ihm dichtauf. Auch Cadfael beobachtete ihn interessiert, denn dies war das erste Mal, daß er ihn bei Tageslicht sehen konnte. Der Prior war ein bescheidener Mann von einer fülligen Figur und mit einem wohlwollenden Gesicht, rosig und sanft. Nicht so alt, wie Cadfael während der nächtlichen Reise geglaubt hatte. Höchstens fünfundvierzig mochte er sein, und er strahlte etwas Unschuldiges aus. Aber für Roger Mauduit hätte es nicht schlimmer sein können, wenn ein feuerspeiender Drache in die Halle eingedrungen wäre.

Und wer hätte erwartet, daß dieser sanfte und unscheinbare kleine Mann mit solcher Klarheit und solchem Sachverstand den ursprünglichen Vertrag erläuterte, der exakt der Urkunde entsprach, die Roger besaß. Wie Alard ganz richtig erklärt hatte, war in diesem Vertrag nicht der geringste Hinweis auf das zu finden, was nach Arnulf Mauduits Tod geschehen sollte. Der Prior wies auf diese Unterlassung hin und erläuterte, welche Streitigkeiten sich daraus ergeben konnten und ergeben hatten und legte ergänzend zwei Briefe des nämlichen Arnulf Mauduit an Abt Fulchered vor, in denen unzweideutig die Rede davon war, daß das Gut samt Dorf nach Arnulfs Tod an die Abtei zurückfallen solle und daß sein Sohn dieser Verpflichtung getreulich nachkommen müsse.

Mag sein, daß Roger tatsächlich nichts in der Hand hatte, um die vorgelegten Beweise zu widerlegen, mag sein, daß er sich so ungeschickt anstellte, weil ihn tatsächlich das Gewissen schlug. Wie auch immer, der Fall wurde zugunsten der Abtei entschieden.

Cadfael wurde etwa eine Stunde nach der Urteilsverkündung bei seinem Herrn vorstellig, um Abschied zu nehmen.

»Milord, Euer Prozeß ist entschieden, und damit endet mein Dienst für Euch. Ich habe getan, was Ihr verlangt habt, und will nun Abschied nehmen.«

Roger saß düster da und brütete wütend vor sich hin. Er richtete einen Blick auf Cadfael, der ihn hätte umwerfen sollen, der aber seine Wirkung verfehlte.

»Es kommen mir doch Zweifel«, sagte Roger empört, »ob Ihr mir wirklich treu gedient habt. Wer sonst konnte wissen…« Er unterbrach sich rechtzeitig, denn solange es nicht ausgesprochen und keine Anklage erhoben wurde, war keine Rechtfertigung vonnöten. Er hätte gern gefragt: Woher habt Ihr es denn nun gewußt? Aber er besann sich eines Besseren. »So geht denn, wenn Ihr nichts weiter zu sagen habt.«

»Was das angeht«, antwortete Cadfael, wohl wissend, daß man ihn genau verstehen würde, »so muß nichts mehr gesagt werden. Es ist vergessen und vorbei.« Diese Worte waren zwar als Versprechen erkennbar, doch damit war es nicht getan. Offenbar gab es doch noch eine andere Sache, die zur Sprache kommen mußte.

»Milord, bedenkt das Folgende. Ich stand bis gerade eben in Euren Diensten, und ich wünsche Euch nichts Schlechtes. Von den vieren, die Prior Heribert begleitet haben, trug keiner Waffen. Keiner dieser fünf Männer hatte ein Schwert oder einen Dolch oder ein Messer bei sich.«

Er sah, daß Roger die Bedeutung dieser Worte begriff und verbittert die Wahrheit erkannte. Die vogelfreien Männer waren eine Erfindung gewesen, aber bisher hatte Roger offenbar geglaubt, daß der Dolchhieb im Wald mit der tapferen Gegenwehr eines Abteidieners zu erklären war, der seinen Prior verteidigen wollte. Er blinzelte und schluckte und starrte ins Leere und begann zu schwitzen. Er sah den gefährlichen Abgrund, in den er beinahe gestürzt wäre.

»Es waren keine Männer da, die Waffen trugen, außer den Euren«, sagte Cadfael.

In einen doppelten Hinterhalt war er geraten, als er in der Nacht arglos in den Wald gegangen war! Und zwischen Woodstock und Sutton Mauduit lagen auf dem Rückweg so viele dunkle Nächte wie auf dem Hinweg.

»Wer?« fragte Roger mit rasselndem Flüstern. »Welcher von ihnen? Gebt ihm einen Namen!«

»Nein«, sagte Cadfael einfach. »Das müßt Ihr selbst herausfinden. Ich stehe nicht mehr in Euren Diensten, und ich habe alles gesagt, was ich sagen will.«

Rogers Gesicht war aschfahl geworden. Er hörte wieder die verführerische Stimme, die ihm den Plan ins Ohr flüsterte. »Ihr könnt mich nicht so einfach verlassen! Wenn Ihr soviel wißt, dann kehrt in Gottes Namen mit mir nach Hause zurück und bewacht mich unterwegs. Euch kann ich vertrauen!«

»Nein«, sagte Cadfael noch einmal. »Ihr seid gewarnt, und jetzt könnt Ihr Euch selbst schützen.«

Das war gerecht, dachte er, es war genug. Er drehte sich um und ging, ohne ein weiteres Wort zu verlieren. So wie er war, ging er zum Vespergottesdienst in die Gemeindekirche. Es gab keinen besonderen Grund dafür – das glaubte er jedenfalls in diesem Augenblick –, als daß gerade die Glocke schlug, und daß ihn das Halbdunkel hinter der offenen Kirchentür anzuziehen und ihm nach vollendeter Pflicht Stille und Besinnung zu verheißen schien. Der kleine Prior war dort und sprach inbrünstig seine Dankgebete. Auch er hatte eine Aufgabe erledigt und eine Seite im Buch seines Lebens umgeblättert.

Cadfael nahm am Gottesdienst teil und blieb noch eine Weile still stehen, nachdem Priester und Gläubige schon gegangen waren. Die Ruhe nach dem Gottesdienst war tiefer als der Ozean und beständiger als die Erde. Cadfael atmete tief und nahm die Atmosphäre in sich auf wie den Duft eines frischen Brotlaibs. Doch als sich eine schmale Hand leicht auf sein Schwert legte, schreckte er aus seiner Gedankentiefe auf. Er senkte den Blick und sah einen kleinen Ministranten, der ihm kaum bis zum Ellbogen reichte. Der Junge sah ihn aus großen, runden und strahlend blauen Augen ernst und herausfordernd an, so feierlich, wie es nur ein Engel tun konnte, der eine wichtige Botschaft zu überbringen hatte.

»Sir«, sagte das Kind streng, wenn auch mit bebender Stimme, und tippte mit einem Kinderfinger auf Cadfaels Schwertgriff. »Muß man hier drinnen nicht alle Waffen ablegen?«

»Sir«, gab Cadfael kaum weniger feierlich zurück, »Ihr seid damit völlig im Recht.« Er löste das Schwert vom Gürtel, ging nach vorn und legte es flach auf die unterste Stufe vor dem Altar. Es wirkte seltsam passend dort und schien nicht zu stören. Denn immerhin war der Griff geformt wie ein Kreuz.

Prior Heribert nahm mit seinen glücklichen Brüdern im Haus des Gemeindepriesters gerade ein bescheidenes Abendessen ein, als Cadfael ihn um eine Audienz bat. Der kleine Mann kam freundlich heraus, um einen Fremden zu begrüßen, den er dann aber als Bekannten und beim zweiten Hinsehen sogar als Freund erkannte.

»Ihr seid es, mein Sohn! Dann habe ich Euch auch bei der Vesper gesehen, nicht wahr? Ich war fast sicher, Eure Gestalt erkannt zu haben. Ihr seid ein hochwillkommener Gast, und wenn es etwas gibt, das wir, ich und die Meinen, tun können, um Euch zu vergelten, was Ihr für uns getan habt, dann sagt es frei heraus.«

»Vater«, sagte Cadfael, in dessen knapper Art zu fragen der walisische Einschlag unverkennbar war, »reitet Ihr morgen nach Hause?«

»Gewiß doch, mein Sohn. Wir wollen nach der Prim aufbrechen. Abt Godefrid wird rasch erfahren wollen, wie es verlaufen ist.«

»So stehe ich hier vor Euch, Vater, an einem Wendepunkt meines Lebens, aus dem Dienst meines Herrn entlassen und der Waffengänge müde. Nehmt mich mit Euch!«

Das Geschenk
des
Geizkragens

$\mathfrak{H}$amo FitzHamon aus Lidyate besaß im Nordosten der Grafschaft nahe der Grenze zu Cheshire zwei beeindruckende Landgüter. Obwohl ein gieriger Esser, ein schwerer Trinker, ein hemmungsloser Lüstling, ein harter Lehnsherr und ein brutaler Gebieter, hatte er das sechzigste Lebensjahr in bester Gesundheit erreicht, und so traf es ihn wie ein heilsamer Schock, als er schließlich einen leichten Schlaganfall bekam und zum ersten Mal die nächste Welt vor sich auftun sah.

Ihm dämmerte unbehaglich, daß es nötig sein könnte, mit sich selbst etwas strenger ins Gericht zu gehen, als es die Welt bisher mit ihm getan hatte. Zwar bereute er nichts, aber er war sich durchaus einer ganzen Reihe von Taten bewußt, die im Himmel ohne weiteres als schwere Sünden gelten mochten.

So schien es ihm eine kluge Vorsichtsmaßnahme zu sein, so schnell wie möglich Verdienste für seine Seele zu erwerben, die natürlich nicht viel kosten durften, denn er war ein geiziger und habsüchtiger Mann. Ein kluges Geschenk an ein frommes Haus sollte sein Seelenheil sicherstellen.

Er brauchte ja nicht so weit zu gehen, einen Konvent zu stiften oder eine neue Kirche bauen zu lassen. Die Benediktinerabtei von Shrewsbury ward also auserkoren, als Gegenleistung für eine bescheidene Gabe ein wahres Trommelfeuer von Gebeten zur Rettung seiner Seele zu entfachen.

Der Gedanke, den Armen Almosen zu geben, selbst wenn er demonstrativ in die Tat umgesetzt würde, war keiner weiteren Erwägung wert. Was er den Armen geben würde, wäre bald verzehrt und vergessen, und gemurmelte Segenssprüche von zerlumpten Bettlern hatten wenig Gewicht und würden ihm sowieso keinen dauerhaften Ruhm verschaffen.

Nein, es mußte etwas sein, das sich Tag für Tag selbst in Erinnerung brachte und entsprechend respektvoll zur Kenntnis genommen wurde. Es mußte eine bleibende

Erinnerung an seine Großzügigkeit und seine Frömmigkeit sein.

Er ließ sich Zeit mit seiner Entscheidung, und als er sich entschieden hatte, auf welche Weise er für eine geringe Aufwendung den höchstmöglichen Gegenwert erhalten würde, schickte er seinen Schreiber nach Shrewsbury, um sich mit Abt und Prior zu beraten und in aller Form und unter Anwesenheit zahlreicher Zeugen den Vertrag aufzusetzen. Der Hüter des Marienaltars in der Abteikirche – es handelte sich bei dem Mann um einen seiner Freisassen –, wurde dazu bestimmt, ein ganzes Jahr lang die Pachtzahlungen für seinen Hof auf die Unterhaltung zweier Lichter auf dem Marienaltar zu verwenden. Damit die Gabe auch richtig zur Geltung käme, versprach Fitz-Hamon außerdem, ein Paar feiner silberner Kerzenleuchter zu stiften, die er zum kommenden Weihnachtsfest persönlich bringen und auf den Altar aufstellen würde.

Abt Heribert, trotz eines langen Lebens voller Enttäuschungen immer noch fest entschlossen, nur das Beste im Menschen zu sehen, war ob dieser bußfertigen Großzügigkeit zu Tränen gerührt. Prior Robert, selbst aus adligem Hause, blieb es aufgrund seines normannischen Standesbewußtseins versagt, irgendeinen Zweifel an Hamos Motiven zum Ausdruck zu bringen. Er mußte sich darauf beschränken, eine Augenbraue zu heben.

Bruder Cadfael, der bisher nur Gerüchte über den Spender gehört hatte, war vorsichtig genug, sich mit seinem Urteil zurückzuhalten, bis er den Betreffenden selbst in Augenschein genommen hatte. Er schwieg fürs erste und wartete ab, um zu beobachten und im richtigen Augenblick sein Urteil zu fällen. Nicht, daß er viel erwartete. Er war seit fünfundfünfzig Jahren auf der Welt und hatte gelernt, seine Erwartungen, ob gute oder schlechte, zu zügeln.

So sah er am Morgen des Heiligabend mit nur mäßigem Interesse und einer gewissen Gelassenheit zu, wie die Gesellschaft aus Lidyate eintraf. Das Weihnachtsfest im Jahre 1135 sollte ein hartes, grimmiges Weihnachtsfest werden mit bitterkalt brennendem Frost und beißendem Schnee, der vom schneidenden Ostwind wie mit Peitschenschlägen herangetrieben wurde. Das Wetter war das ganze Jahr über abscheulich gewesen und die Ernte eine Katastrophe.

In den Dörfern froren und hungerten die Menschen, und Bruder Oswald, der Almosenverwalter, war besorgt und bekümmert, weil die Almosen, die er zu verteilen hatte, nicht ausreichten, um alle Schäfchen gesund und munter zu halten. Der Anblick eines Zuges von drei guten Reitpferden, auf denen Reisende saßen, die dick gegen die Kälte vermummt waren, und die außerdem zwei Lastponys im Schlepptau hatten, ließ alle elenden Bittsteller sich jammernd herandrängen und blaugefrorene Hände ausstrecken. Aber alles, was sie bekommen sollten, war die übliche Handvoll kleiner Münzen, und als sie sein Fortkommen behinderten, benutzte FitzHamon gar seine Peitsche, um sich Platz zu schaffen.

Die Gerüchte, dachte Cadfael, während er auf dem Weg zur Krankenstation innehielt, wo er wie jeden Tag die Arzneien für die Kranken abliefern wollte, die Gerüchte hatten Hamo FitzHamon anscheinend doch kein Unrecht getan.

Der Ritter von Lidyate stieg im großen Innenhof ab. Er war ein großer, übergewichtiger und breitschultriger Mann mit buschigem Haar, dichtem Bart und dichten Augenbrauen, die nicht mehr schwarz wie früher einmal, sondern teils ergraut waren. Er stand stocksteif und sehr aufrecht im Hof. Bevor die Zügellosigkeit sein Gesicht purpurn gefärbt und seiner Haut Flecken aufgemalt hatte, bevor seine scharfen schwarzen Augen hinter Fleischsäcken halb verschwunden waren, mochte er durchaus ein sehr ansehnlicher Mann gewesen sein. Er sah älter aus, als er war, aber er war sicherlich immer noch ein Mann, mit dem man zu rechnen hatte.

Auf dem zweiten Pferd, im Damensitz hinter einem Burschen, kam seine Gemahlin geritten. Sie war eine schmächtige Erscheinung, fast bis zur Unkenntlichkeit in Wolltücher und Pelze gehüllt und behaglich an den breiten Rücken des Pagen geschmiegt, die Arme um seine Hüften gelegt.

Ein gutaussehender junger Bursche war ihr Page, ein kaum zwanzig Jahre alter strammer Bursche mit runden, geröteten Wangen und fröhlichen, arglos dreinblickenden Augen. Lange Beine hatte er und

breite Schultern und war vom Scheitel bis zur Sohle ein junger Bursche vom Lande, der sich aufmerksam um seine Pflichten zu kümmern wußte. Er war im Nu aus dem Sattel gesprungen und streckte die Arme aus, um die Herrin um die Hüfte zu fassen und ihr herabzuhelfen. Dabei griff er so herzhaft zu wie sie, als sie ihn einen Augenblick vorher umschlungen hatte, und hob sie mühelos herab. Kleine, behandschuhte Hände blieben einen Augenblick länger als unbedingt nötig auf seinen Schultern liegen. Er stützte sie ehrerbietig, bis sie wohlbehalten auf dem Boden angekommen war und sicher stehen konnte – vielleicht sogar ein paar Sekunden länger.

Ritter Hamo FitzHamon war unterdessen durch Prior Roberts förmlichen Willkommensgruß und die Aufmerksamkeiten des Bruders in Anspruch genommen, der für die Gäste zuständig war und ihnen die besten Kammern im Gästehaus reserviert hatte.

Auch auf dem dritten Pferd saßen zwei Reiter, aber die Frau auf dem Damensitz wartete nicht, bis ihr jemand hinunterhalf, sondern rutschte rasch auf den Boden hinab und eilte herbei, um der Herrin aus dem großen Übermantel zu helfen, den sie auf der Reise getragen hatte.

Sie war eine stille, fügsame, junge Frau, etwa Mitte zwanzig oder nur wenig älter, die schlichte, selbstgewirkte Kleider trug. Ihr Haar war unter einer groben Leinenhaube verborgen. Das Gesicht war schmal und bleich, die Haut sehr hell und die Augen, die ruhig und müde blickten, waren von einem hellen, klaren Blau, das eine Strenge ausstrahlte, die überhaupt nicht zu ihrer Demut und Ergebenheit passen wollte.

Als sie ihrer Herrin die schweren Kleider von den Schultern nahm, zeigte sich, daß die Zofe einen Kopf größer war als die Herrin, aber sie wirkte neben dem strahlenden kleinen Vogel, der sich da aus den Hüllen schälte, recht farblos. Prächtig rot und braun wie ein Rotkehlchen und genauso selbstbewußt kam eine Lady FitzHamon zum Vorschein, die der Welt ein gnädiges Lächeln schenkte. Ihr dunkles Haar war zu einem Zopf geflochten und um den kleinen, wohlgeformten Kopf gelegt. Die vollen, weichen Wangen waren von der kalten

Luft gerötet, und die großen dunklen Augen sprachen von Charme und Entschlossenheit.

Sie war kaum älter als dreißig, wahrscheinlich gar nicht einmal so alt. FitzHamon hatte irgendwo einen erwachsenen Sohn, der seinerseits schon Kinder hatte und der, wie manche sagten, mit einiger Ungeduld darauf wartete, sein Erbe antreten zu können. Dieses Mädchen mußte die zweite oder dritte Frau des Alten sein, um einiges jünger als ihr Stiefsohn und im übrigen eine Schönheit.

Hamo war mächtig und wichtig genug, um sich jederzeit mit einer neuen Frau versorgen zu können, wenn er eine alte verschlissen hatte. Diese hier hatte ihn vermutlich ein kleines Vermögen gekostet, denn sie sah nicht nach einer armen, hübschen Verwandten aus, die man um eines profitablen Bündnisses willen verschachert. Vielmehr trat sie auf, als sei sie sich ihres eigenen Standes durchaus bewußt, und als wolle sie ihn gewürdigt wissen. Sie machte sich sicherlich gut, wenn sie der herrschaftlichen Tafel in Lidyate vorsaß, was möglicherweise für Hamo auch den

Ausschlag gegeben hatte, sie zur Frau zu nehmen.

Der Bursche, hinter dem die Zofe geritten war, war ein älterer, schlanker und drahtiger Mann, dessen faltiges Gesicht an eine knorrige Eiche erinnerte. Die humorvolle Geduld, die aus seinen Augen sprach, zeigte, daß er schon seit vielen Jahren in unmittelbarer Nähe von FitzHamon eine bevorzugte Stellung genoß und aus Erfahrung wußte, wie sehr die Stimmungen seines Herrn schwanken konnten. Er war auf Stürme gefaßt und konnte sie leicht überstehen. Ohne ein Wort zu verlieren, machte er sich daran, die Packpferde abzuladen und folgte danach seinem Herrn ins Gästehaus, während der junge Mann FitzHamons Zaumzeug nahm und die Pferde in die Ställe führte.

Cadfael sah den beiden Frauen nach, bis sie über die Schwelle des Gästehauses getreten waren. Die Herrin ging federnd wie eine junge Hirschkuh und nahm mit scharfem Auge alles in sich auf. Die Zofe dagegen hielt sich bescheiden einen Schritt hinter ihr und zügelte ihre langen Schritte, um den gebührenden Abstand zu wahren.

Doch obwohl behindert wie ein ange-
pflockter Falke, hatte sie einen anmutigen
Gang. Wahrscheinlich das Kind von Leibeigenen wie die beiden Burschen.

Cadfael hatte lange Erfahrung darin,
freie Menschen von unfreien zu unterscheiden. Nicht, daß die freien ein leichtes Leben
hätten, oft erging es ihnen sogar schlechter
als den Leibeigenen in der Nachbarschaft.
Es gab dieses Jahr um Weihnachten sogar
eine ganze Menge abgemagerte, hungrige
freie Männer, die gezwungen waren, im
Gedränge vor dem Torhaus zu betteln. Freiheit, das höchste Gut eines jeden Mannes,
vermochte nicht die Bäuche von Frauen
und Kindern zu füllen, wenn die Ernte
schlecht verlaufen war.

FitzHamon ließ sich zum Vespergottesdienst mit seinem Gefolge in voller Pracht
blicken, um die Kerzenleuchter feierlich auf
dem Altar der Marienkapelle aufzustellen.
Abt, Prior und Brüdern fiel es nicht schwer,
das Geschenk gebührend zu bewundern,
denn es waren in der Tat wunderschöne
Leuchter: Zwei kannelierte Ständer liefen in
weit geöffneten Lilienblüten aus. Die Mase-
rungen der Blätter waren so fein und voll-

kommen nachgezeichnet wie bei einer lebenden Pflanze. Bruder Oswald, der Almosenverwalter, selbst ein geschickter Silberschmied, wenn er die Zeit dazu fand, starrte den neuen Altarschmuck mit einem Gesichtsausdruck an, der mehrmals zwischen Verzücktheit und Bedauern zu wechseln schien. Er wagte es sogar, den Spender einen Augenblick aufzuhalten, als dieser schon hinausgebeten werden sollte, um mit Abt Heribert in dessen Gemächern zu Abend zu essen.

»Milord, dies sind wirklich wunderschön gefertigte Stücke. Ich verstehe einiges von Edelmetallen, und ich kenne die besten Handwerker im ganzen Umland, aber ich habe noch nie eine Arbeit gesehen, die der lebendigen Pflanze so nahe kommt wie diese hier. Da ist das Auge eines Menschen vom Lande zu erkennen, aber zugleich auch die Hand eines Künstlers, der am Königshof arbeiten könnte. Dürfen wir fragen, wer sie gemacht hat?«

FitzHamons vernarbtes Gesicht nahm einen noch tieferen Purpurton an, als sei auf die Stunde seiner Selbstbeweihräucherung ein unverzeihlicher Schatten geworfen worden. Er sagte brüsk: »Ich habe die Leuchter von einem Mann machen lassen, der in meinen Diensten steht. Ihr würdet seinen Namen nicht kennen. Er ist als Leibeigener geboren, aber er ist nicht ungeschickt.«

Darauf ging er rasch weiter, wie um weiteren Fragen zu entgehen, und Weib und Diener und Zofe folgten ihm auf dem Fuße. Nur der ältere Bursche, der weniger Ehrfurcht vor seinem Herrn zu haben schien als alle anderen, was vielleicht daran lag, daß er ihn oft genug sturzbetrunken hatte ins Bett schleppen dürfen, drehte sich noch einmal um und zupfte Bruder Oswald am Ärmel, um ihm vertraulich flüsternd die gewünschte Auskunft zu geben: »Ihr müßt verstehen, daß er darauf nicht gerne antwortet. Der Silberschmied – Alard war sein Name – ging letztes Jahr Weihnachten auf und davon, und obwohl man ihn bis London gejagt hat, wohin alle Spuren wiesen, wurde er niemals aufgespürt. Ich an Eurer Stelle würde die Sache auf sich beruhen lassen.«

Damit trottete er seinem Herrn hinterdrein. Mehrere nachdenkliche Gesichter starrten ihm nach.

»Er ist wohl kein Mann, der sich leicht von dem trennt, was er für sein Eigentum hält, ob Metall oder Mann«, grübelte Cadfael, »es sei denn für einen Preis, für einen sehr hohen Preis.«

»Bruder, Ihr solltet Euch schämen!« sagte Bruder Jerome, der neben im stand, vorwurfsvoll. »Hat er sich nicht aus reiner Barmherzigkeit von diesen Schätzen getrennt?«

Cadfael sparte es sich zu erklären, welchen Vorteil FitzHamon sich offenbar von seiner milden Gabe versprach. Es lohnte sich nicht, mit Jerome zu streiten, der so gut wie jeder andere wußte, daß die silbernen Lilien und die Pacht für ein Jahr kein Geschenk waren, das ohne Anspruch auf Gegenleistung gegeben worden war.

Aber Bruder Oswald wandte bekümmert ein: »Ich wünschte, er hätte seiner Mildtätigkeit eine andere Richtung gegeben. Gewiß sind diese wundervollen Gegenstände eine wahre Augenweide, aber um einen guten Preis verkauft, hätten sie genug Geld einbringen können, um die ärmsten meiner Bittsteller über den Winter zu bringen. Einige von ihnen werden, weil es ihnen an allem mangelt, gewiß bald sterben.«

·Bruder Jerome fand diesen Gedanken empörend. »Hat er sein Geschenk nicht der Mutter Gottes gemacht?« klagte er entrüstet. »Hüten wir uns vor der Sünde jener Apostel, die die gleiche Klage gegen die Frau vorbrachten, die mit einer Schale Nardenöl kam und es dem Erlöser über die Füße goß. Erinnert Ihr Euch an den Vorwurf des Herrn, daß man sie in Frieden lassen solle, weil sie ein gutes Werk getan habe?«

»Unser Herr hat einen gut gemeinten Akt der Verehrung gutgeheißen«, sagte Bruder Oswald listig. »Aber er hat nicht gesagt, daß die Frau gut beraten war! ›Sie hat getan, was sie tun konnte‹, so sagte er. Er hat nicht ausgeschlossen, daß sie mit etwas Nachdenken nicht hätte etwas noch Besseres tun können. Was hätte es genützt, die Spenderin zu verletzen, nachdem die Tat getan war? Verschüttetes Nardenöl konnte man nicht wieder einsammeln.«

Seine Augen ruhten voller Liebe und Wehmut auf den silbernen Lilienblättern und den hohen Stielen aus Wachs und

Flammen. Die Leuchter standen da, und es war immer noch möglich, sie einem anderen Verwendungszweck zuzuführen. Oder es wäre möglich gewesen, wenn der Spender ein zugänglicherer Mann gewesen wäre. Schließlich hatte er ja das Recht, mit seinem Eigentum zu verfahren, wie es ihm beliebte.

»Es ist eine Sünde«, ermahnte Jerome ihn feierlich, »auch nur daran zu denken, man könne das, was der Mutter Gottes als Geschenk gegeben wurde, einem anderen Zweck zuführen. Schon der bloße Gedanke ist eine Sünde.«

»Wenn die Mutter Gottes ihren Willen kundtun könnte«, warf Bruder Cadfael trocken ein, »könnten wir erfahren, welches die größere Sünde ist und welches das leichter annehmbare Opfer.«

»Könnte irgendein Preis für das Licht auf diesem heiligen Altar zu hoch sein?« verlangte Jerome zu wissen.

Das war eine gute Frage, dachte Cadfael, als sie zum Abendessen ins Refektorium gingen. Man könnte beispielsweise Bruder Jordan fragen, welchen Wert das Licht für ihn hatte. Jordan war alt und hinfällig und

wurde allmählich blind. Er konnte zwar noch Schatten voneinander unterscheiden, aber es waren Schatten wie in einem Traum. Zum Glück kannte er sich im Kreuzgang und im Klosterbezirk so gut aus, daß die sich senkende Dunkelheit seine Bewegungsfreiheit nicht hemmte. Aber während mit jedem Tag das Zwielicht in seinen Augen um eine Schattierung dunkler geworden war, war zugleich seine tiefe Liebe für ein anderes Licht gewachsen, bis er alle anderen Pflichten vernachlässigte und sich Tag und Nacht nur noch darum kümmerte, die Lampen und Kerzen auf beiden Altären zu versorgen, damit er sich immer im Licht und noch dazu in heiligem Licht befände.

Auch an diesem Abend würde er sich gleich nach der Komplet eifrig daran machen, die Dochte von Kerzen und Lampen zurückzuschneiden, damit die Flammen am nächsten Morgen, zum Frühgebet am Weihnachtstag, gleichmäßig, rauchlos und rein brennen würden.

Es war fraglich, ob er überhaupt zu Bett gehen würde, bevor Frühgebet und Laudes vorüber waren. Sehr alte Menschen brauchten nicht viel Schlaf, und der Schlaf selbst ist ja auch eine Art Dunkelheit. Auf das Gefäß kam es Jordan nicht so sehr an. Er liebte die Flamme darin. Würden diese prächtigen, zwei Pfund schweren Kerzen nicht für ihn genauso schön aus schlichten Holzschalen scheinen?

Ungefähr eine Viertelstunde vor der Komplet, als Cadfael sich mit den anderen Brüdern noch im Wärmeraum aufhielt, kam ein Laienbruder aus dem Gästehaus herüber, um ihn zu holen.

»Die Lady läßt fragen, ob Ihr zu ihr kommen könnt. Sie klagt über schlimme Kopfschmerzen und fürchtet, daß sie nicht wird einschlafen können. Der Gastbruder sagte ihr, daß Ihr sicher ein Mittel habt.«

Cadfael schloß sich ihm, ohne ein Wort zu verlieren, aber recht neugierig, an, denn beim Vespergottesdienst hatte Lady FitzHamon gesund und munter ausgesehen wie das blühende Leben. Sie schien kaum verändert, als er wenige Augenblicke später im Gästehaus vor ihr stand. Sie trug noch den Mantel, den sie für den Weg zum und vom Haus des Abtes angelegt hatte, doch jetzt war die Kapuze so tief herabgezogen, daß man ihr Gesicht kaum noch erkennen konnte. Die schweigsame Zofe stand dicht neben ihr.

»Seid Ihr Bruder Cadfael? Man sagte mir, daß Ihr Euch mit Kräutern und Arzneien auskennt und daß Ihr mir helfen könnt. Ich habe die Abendtafel beim Herrn Abt vorzeitig verlassen, weil ich starke Kopfschmerzen bekommen habe, und ich sagte meinem Gebieter, daß ich früh zu Bett gehen wolle. Aber mein Schlaf ist so unruhig, denn wie soll ich mit diesen Schmerzen Ruhe finden? Könnt Ihr mir einen Trank geben, der mich beruhigt? Man sagt, daß Ihr in Eurem Kräutergarten Heilpflanzen für alle Zwecke zieht und die Ernte selbst sammelt und trocknet und Heiltränke daraus macht. Es muß doch sicher etwas geben, das meine Schmerzen lindert und mir einen tiefen Schlaf schenkt?«

Nun, dachte Cadfael, man konnte ihr keinen Vorwurf machen, wenn sie manchmal nach Mitteln und Wegen suchte, die ungehobelten Aufmerksamkeiten ihres Gatten über Nacht abzuwehren. Besonders natürlich am Abend einer Feier, wenn er reichlich getrunken hatte. Es war auch nicht

Cadfaels Aufgabe zu urteilen, ob eine Bittstellerin wirklich brauchte, was sie verlangte. Ein Gast durfte um alles bitten, was das Haus nur herzugeben hatte.

»Ich habe einen selbstgemachten Sirup«, sagte er, »der Euch gute Dienste leisten könnte. Ich werde Euch ein Gläschen aus meiner Werkstatt holen.«

»Darf ich Euch begleiten? Ich würde mir Eure Werkstatt gern einmal ansehen.« Sie hatte ganz und gar vergessen, daß sie krank und müde klingen mußte. Ihre Stimme war eher die eines neugierigen Kindes. »Wie Ihr seht, bin ich noch von Kopf bis Fuß eingekleidet«, sagte sie gewinnend. »Wir sind soeben erst von der Tafel des Abtes zurückgekehrt.«

»Aber solltet Ihr Euch nicht vor der Kälte hüten, Milady? Im Hof ist der Schnee zwar geräumt, aber draußen auf den Wegen im Garten liegt er noch.«

»Vor dem Einschlafen ein paar Minuten an der frischen Luft, das kann nicht schaden«, sagte sie. »Es wird ja nicht sehr weit sein.«

Es war wirklich nicht weit. Sobald sie aus dem gedämpften Licht der Gebäude heraus waren, sahen sie über sich die Sterne, die wie aus einem kalten Feuer regnende Funken aussahen. Im Osten sammelten sich ein paar vereinzelte, schneeschwere Wolken. Im Garten schien es zwischen den dichten Hecken beinahe warm zu sein, als atmeten die schlafenden Bäume vorgewärmte Luft aus und hielten den schneidenden Wind ab. Eine tiefe Stille herrschte hier.

Der Kräutergarten war mit einer Mauer eingefaßt, und die Holzhütte, in der Cadfael seine Arzneien braute und lagerte, war vor der schlimmsten Kälte geschützt. Sobald sie drinnen waren und eine kleine Lampe brannte, vergaß Lady FitzHamon vollends ihre Unpäßlichkeit und sah sich verwundert und entzückt mit hellen, forschenden Augen um. Die bescheidene und stille Zofe bewegte kaum den Kopf, aber ihre Augen wanderten hin und her, und ihre Wangen hatten etwas Farbe bekommen. Die vielen schwachen, süßen Düfte ließen ihre Nasenflügel beben, und sie zog erfreut die Mundwinkel ein wenig hoch.

Neugierig wie eine Katze sah die Lady in alle Säcke und Krüge und Schachteln, beäugte Mörser und Flaschen und stellte hundert Fragen, ohne auch nur einmal Luft zu holen.

»Und das hier ist Rosmarin, diese kleinen trockenen Krümel? Und dieser große Sack da – ist das Korn?« Sie steckte die Hände bis zu den Handgelenken in den Sack, und ein süßer Duft erfüllte die Hütte. »Lavendel? Und eine so reiche Ernte? Bereitet Ihr etwa auch Parfüm für Frauen zu?«

»Lavendel ist auch eine Heilpflanze«, sagte Cadfael. Er füllte ein kleines Fläschchen mit einem durchsichtigen Sirup, den er aus Mohnsamen aus dem Osten – ein Mitbringsel von seinen Kreuzfahrerjahren – hergestellt hatte. »Das hilft bei allem, was Kopf und Seele belastet, und der Duft ist beruhigend. Und ich gebe Euch ein kleines Kissen mit, in das ich diese und andere Kräuter stopfen werde. Das wird Euch helfen, Schlaf zu finden. Dieser Trank hier wird Euch ganz gewiß den Schlaf bringen. Ihr könnt alles einnehmen, was ich Euch mitgebe, ohne daß es Euch schadet. Ihr werdet nur eine Nacht sehr tief schlafen.«

Sie hatte neugierig mit einigen kleinen Tontellern gespielt, die neben seinem Arbeitstisch gestapelt waren. Es waren unbearbeitete Teller, auf denen man kleine Samen von blühenden Pflanzen zum Trocknen ausbreiten konnte. Nun aber kam sie sofort zu ihm und besah begierig die kleine Flasche, die er ihr geben wollte. »Ist das auch genug? Es braucht viel, um mich zum Schlafen zu bringen.«

»Das hier«, versicherte er ihr geduldig, »würde sogar einen starken Mann einschläfern. Aber es wird andererseits einer zarten Frau, wie Ihr es seid, nicht schaden.«

Sie nahm die Flasche mit einem kleinen, listigen und zufriedenen Lächeln entgegen. »Dann sage ich Euch meinen Dank! Ich werde – das darf ich doch? – dem Almosenverwalter ein Gegengeschenk machen. Elfgiva, nimm du das kleine Kissen. Ich will die ganze Nacht seinen Duft einatmen. Es soll mir die Träume versüßen.«

Sie hieß also Elfgiva. Ein norwegischer Name. Sie hatte normannische Augen, wie er bereits bemerkt hatte, hellblau wie Eis, und eine zarte, helle Haut, die von der Müdigkeit noch zarter und heller geworden war. Sie hatte reglos und ohne ein Wort zu sagen alles aufgenommen, was es zu beobachten gab. War sie älter oder jünger als ihre Herrin? Man konnte es nicht sagen. Die eine war so lebhaft, die andere so still.

Er löschte die Lampe und schloß die Tür. Dann führte er die beiden Frauen gerade rechtzeitig zum großen Hof zurück, um sich verabschieden zu können und immer noch pünktlich zur Komplet zu kommen. Die Lady hatte offensichtlich nicht die Absicht, am Gottesdienst teilzunehmen. Dem Herrn half man gerade aus den Gemächern des Abtes. Seine Burschen stützten ihn zu beiden Seiten, obwohl er noch nicht sehr betrunken war. Sie setzten sich gemächlich in Richtung Gästehaus in Bewegung. Zweifellos hatte der Glockenschlag zur Komplet, vermutlich zur nicht geringen Erleichterung des Abtes, das ausgedehnte Abendmahl beendet. Der Abt trank kaum etwas und hatte auch sonst mit Hamo FitzHamon nicht viel gemein. Abgesehen natürlich von einer tiefen Verehrung für den Altar der Heiligen Jungfrau Maria.

Die Lady und ihre Zofe waren bereits im Gästehaus verschwunden. Der jüngere Bursche trug in der freien Hand einen großen Krug, der, nach der Art zu schließen, wie er gehalten wurde, gefüllt war. Die junge Ehefrau konnte ihren Trank zu sich nehmen und sich zuversichtlich an ihrem Kräuterkissen festhalten. Das Trinken war noch nicht vorbei, und sie würde allein und unbelästigt schlafen können. Bruder Cadfael ging ein wenig traurig und zugleich auf unbestimmte Weise beruhigt zur Komplet.

Erst als der Gottesdienst beendet war und die Brüder sich zum Schlafen zurückzogen, fiel ihm ein, daß er vergessen hatte, die Flasche mit dem Mohnsirup wieder zuzustöpseln. Nicht, daß der Saft in der frostkalten Nacht hätte Schaden nehmen können, aber sein Ordnungssinn trieb ihn hinaus, das Vergessene nachzuholen, bevor er sich schlafen legte.

Seine Sandalen, die mit Wollstreifen umwickelt waren, damit er auf den überfrorenen Wegen warm und sicher laufen konnte, dämpften seine Schritte. Er hatte schon eine Hand ausgestreckt und wollte gerade den Riegel der Tür zurückschieben, als er drinnen Stimmen murmeln hörte. Er blieb wie angewurzelt stehen. Leise flüsternde, verträumte Stimmen, die Geräusche von sich gaben, die viel weniger nach gesprochenen Worten als nach Zärtlichkeiten klangen.

Nur hin und wieder war ein einzelnes Wort zu verstehen.

Ein junger Mann sagte besorgt: »Aber wenn er nun *doch*...« Darauf eine Frau, die mit halb unterdrücktem Lachen zurückgab: »Keine Angst, er wird bis morgen früh schlafen!« Ihre Worte brachen ab, als sie sich küßten, und aus dem Lachen wurden große, leidenschaftliche Seufzer.

Der junge Mann atmete schwer und heftig, aber trotzdem war nach einem Augenblick wieder seine halb ängstliche, halb genußvolle Stimme zu vernehmen: »Aber du kennst ihn nicht. Wenn er nun *doch*...« Darauf wieder sie, beruhigend: »Bestimmt nicht in der nächsten Stunde... und dann sind wir wieder fort... es wird kalt hier...«

Das war jedenfalls die Wahrheit. Selbst eng in eine Decke gehüllt und auf der Bank liegend, die, so breit wie ein Bett, an der hölzernen Rückwand stand, würden die beiden kaum die ganze Nacht hier draußen verbringen. Bruder Cadfael zog sich behutsam aus dem Kräutergarten zurück und machte sich voller quälender Gedanken auf den Weg zum Dormitorium. Jetzt wußte er, wer seinen Trank verabreicht bekommen

hatte. Es war nicht die Lady gewesen. Womöglich in dem Krug Wein, den der junge Bursche geschleppt hatte? Das Mittel war genug für einen starken Mann, auch wenn er nichts getrunken hatte.

In der Zwischenzeit war der Leibdiener sicher damit beschäftigt, den Herrn zu Bett zu bringen, und zwar ein gutes Stück von der Kammer entfernt, wo die Herrin angeblich mit ihrer Unpäßlichkeit kämpfend lag und den Schlaf der Gerechten suchte. Ach, es ging Cadfael nichts an, und er hatte nicht die Absicht, sich da hineinziehen zu lassen. Es war fraglich, ob sie überhaupt je eine andere Wahl gehabt hatte, als Hamo zu heiraten. Und dann dieser hübsche Bursche ständig in der Nähe… eine kurze Erinnerung an seine eigene Leidenschaft, der Widerhall einer alten Liebe wurde trotz seiner langjährigen Berufung in ihm wach. Wenigstens wußte er, welches Vergnügen er deckte. Man mußte den Wagemut bewundern, mit dem sie die Gelegenheit ergriffen hatte, die Geistesgegenwart, mit der sie das Mittel ausgewählt hatte, das wache Auge, mit dem sie den entferntesten und zugleich besten Unterschlupf ausgesucht hatte.

Cadfael ging zu Bett und schlief traumlos, bis er ein paar Minuten vor Mitternacht von der Glocke zur Frühmesse gerufen wurde. Im Gänsemarsch zogen die Brüder über die Nachttreppe in die Kirche und traten im weichen, warmen Schein der Lichter vor den Altar der Jungfrau Maria.

Andächtig versunken kniete der alte Bruder Jordan ein paar Schritte vor den Stufen des Altars. Er hätte schon vor Stunden mit den anderen in seine Zelle schlafen gehen müssen, aber er kniete aufrecht mit gefalteten Händen und verzücktem Gesicht, und die aufgerissenen, verschleierten Augen blickten in das Licht, das er so liebte. Als Prior Robert einen besorgten Ruf ausstieß, da er ihn an diesem Ort auf den Steinen vorfand, und ihm eine Hand auf die Schulter legte, fuhr der alte Mönch wie aus tiefer Trance auf und hob ihnen sein Gesicht entgegen, das strahlte, als bestünde es selbst aus reinem Licht.

»Oh, meine Brüder, ich bin gesegnet! Ich habe ein Wunder erleben dürfen... lobet den Herrn, daß mir dies zuteil werden konnte! Aber seid nachsichtig mit mir, denn es ist mir verboten, vor Ablauf von drei

Tagen mit irgend jemand darüber zu sprechen. Erst am dritten Tag von heute an gerechnet darf ich sprechen ...«

»Seht nur, Brüder!« rief Jerome plötzlich klagend. Er deutete zum Altar. »Seht nur, dort!«

Alle Anwesenden außer Jordan, der immer noch aufgelöst und lächelnd betete, starrten in die Richtung, in die Jerome gezeigt hatte. Die hohen Kerzen standen, mit ihrem eigenen Wachs verklebt, in zwei kleinen Tonschalen, wie Cadfael sie benutzte, um Samen zu sortieren. Die beiden silbernen Lilienblüten waren von ihrem Ehrenplatz verschwunden.

Trotz Verlust, Unordnung, Empörung und Verdächtigungen hielt Prior Robert eisern am gewohnten Tagesablauf fest. Sollte Hamo FitzHamon in glücklicher Ahnungslosigkeit den Morgen verschlafen, die Frühmesse und die Laudes mußten gefeiert werden, wie es sich gehörte. Das Weihnachtsfest war wichtiger als alles Geben und Nehmen von Silberzeug. Grimmig sorgte er dafür, daß die Gottesdienstzeiten eingehalten wurden und schickte die Brüder danach bis zur Prim wieder ins Bett, wo sie die Zeit schlafend oder wachend und kummervoll verbringen mochten. Auch ließ er nicht zu, daß irgend jemand Bruder Jordan anfeindete. Allerdings versuchte er unter vier Augen, eine zufriedenstellende Antwort aus dem Greis herauszuholen. Ob Jordan nun davon wußte oder nicht, der Diebstahl machte ihm jedenfalls keine Sorgen. Auf alle Fragen sagte er nur: »Ich bin bis Mitternacht des dritten Tages zum Schweigen verpflichtet.« Und als Robert fragte, wer ihn dazu verpflichtet habe, lächelte Jordan nur verzückt und schwieg.

Robert selbst teilte am Morgen vor der Messe Hamo FitzHamon die Neuigkeit mit. Der Tumult, der darob ausbrach, war zwar immer noch heftig genug, schien aber dank der Nachwirkungen von Cadfaels Mohngebräu etwas gedämpft. Der Trank nahm dem Mann einen Teil seiner Energie und sogar seiner Boshaftigkeit. Sein Kammerdiener, der ältere Bursche, der Sweyn hieß, hielt sich wohlweislich außer Reichweite, obwohl Robert noch anwesend war, und die Lady rückte ein Stück ab, als sei sie immer noch nicht gut beieinander und ein wenig unpäßlich. Sie stieß einen pflichtgemäßen und anscheinend aufrichtigen Ruf der Empörung aus, da man ihrem Mann etwas Schlimmes angetan hatte, und schloß sich seiner Forderung an, daß man den Dieb jagen und die Kerzenhalter wiederfinden müsse. Prior Robert zeigte sich in dieser Angelegenheit ähnlich entschlossen. Man werde keine Mühe scheuen, um das Geschenk, das einem Prinzen zur Ehre gereicht hätte, wiederzufinden, dessen sollte man sich sicher sein. Er hatte bereits gewisse Dinge in Erfahrung gebracht, so daß man die Jagd glücklicherweise etwas einschränken konnte.

Nach der Komplet hatte es etwas geschneit, gerade genug, daß jetzt eine dünne weiße Schicht auf dem Boden lag. Kein Fußabdruck hatte die jungfräuliche Decke zerstört. Es hatte nicht mehr als einen Blick auf die Wege gebraucht, die von beiden Außentüren der Kirche zu den Gemeinden führten, um zu erkennen, daß auf diesem Weg niemand fortgegangen war. Der Pförtner konnte beschwören, daß auch niemand durchs Torhaus gekommen war. Auf der Seite, an der die Abtei nicht von einer

Mauer umgeben war, lag der überfrorene Meole-Bach, aber auch dort unten war der Schnee zu beiden Seiten des Baches jungfräulich. Innerhalb des Klosterbezirks liefen natürlich Fußspuren kreuz und quer in diese und jene Richtung, aber seit der Komplet war niemand mehr hinausgegangen, und zu diesem Zeitpunkt hatten sich die Kerzenständer noch an Ort und Stelle befunden.

»Dann befindet sich der Schurke noch innerhalb dieser Mauern?« sagte Hamo mit rachsüchtig funkelnden Augen. »Um so besser! Dann ist auch die Beute noch hier, und wenn wir alles auf den Kopf stellen, werden wir sie auch finden! Die Beute und den Dieb!«

»Wir werden überall suchen und jeden befragen«, versprach Robert. »Wir sind über dieses gotteslästerliche Verbrechen so entsetzt wie Eure Lordschaft. Ihr sollt selbst die Suche beaufsichtigen, wenn Ihr wollt.«

So fand den ganzen Weihnachtstag über, während in der Kirche feierliche Jubelgesänge angestimmt wurden, eine wütende und lautstarke Jagd im Klosterbezirk statt. Die Mönche hatten keine Mühe, ihren Ta-

gesablauf bis auf die letzte Minute nachzu-
vollziehen, denn ihre Tage folgten einer so
strengen Ordnung, daß unweigerlich ein
Bruder den anderen entlastete. Diejenigen,
die besondere Pflichten hatten, denen sie
außer Sicht der anderen nachgehen mußten, konnten genug Zeugen aufbieten, die
für sie bürgten. Die Laienbrüder konnten
sich etwas freier bewegen, aber sie arbeite-
ten im allgemeinen zumindest in Zweier-
gruppen. Die Diener und die wenigen
Gäste beteuerten protestierend ihre Unschuld, und auch wenn sie nicht alle jemanden angeben konnten, der für sie bürgen
konnte, so war doch Hamo nicht in der
Lage, ihnen eine Schuld nachzuweisen.

Als schließlich seine eigenen Burschen an
der Reihe waren, meldeten sich mehrere
Zeugen, die gesehen hatten, wie Sweyn,
ganz gewiß mit leeren Händen, zu seinem
Lager über den Stallungen zurückgekehrt
war, sobald er seinen Herrn zu Bett gebracht hatte. Sweyn aber, dies bemerkte
Cadfael voller Interesse, beschwor ohne Zö-
gern, daß der junge Madoc, der doch erst
eine Stunde nach ihm zu Bett gegangen
war, mit ihm zusammen gegangen sei und

auf seinen Befehl hin eins der Packpferde versorgt habe, das Anzeichen eines Hustens gezeigt habe, wonach sie ständig zusammen gewesen seien.

Ein Leibeigener, der sich instinktiv auf die Seite eines Gefährten und gegen seinen Herrn stellt? dachte Cadfael verwundert. Oder wußte Sweyn ganz genau, was der junge Mann am vergangenen Abend getrieben hatte, und hatte die Absicht, ihn vor einer noch schlimmeren Rachsucht zu bewahren?

Kein Wunder, daß Madoc an diesem Morgen nicht ganz so fröhlich und munter aussah wie sonst. Aber insgesamt schien er sehr gefaßt und wich sogar bescheiden den Blicken seiner Herrin aus, wann immer sie ihn kühl, scharf und distanziert ansprach.

Cadfael hielt sich nicht lange beim Mittagsmahl auf, das in gedrückter Stimmung eingenommen wurde. Er ging allein in die Kirche. Als die anderen fieberhaft in jedem Winkel nach den Kerzenhaltern gesucht hatten, hatte er sich herausgehalten, aber nun, da niemand mehr hier war, mochte er in der Kirche womöglich etwas Interessantes finden. Er hatte allerdings nicht die Absicht, nach etwas so Auffälligem wie zwei großen silbernen Kerzenständern zu forschen.

Er bekreuzigte sich vor dem Altar und stieg die beiden Stufen hinauf, um sich die beiden brennenden Kerzen aus der Nähe zu besehen. Niemand hatte auf die bescheidenen Gefäße geachtet, die nun den Platz von Hamos Geschenk einnahmen, und angesichts der Aufregung, und da Cadfaels kleine Werkstatt nicht oft von anderen Menschen aufgesucht wurde, war niemandem aufgefallen, daß die beiden Tonschalen durchaus von dort stammen konnten. Er formte und brannte sie selbst, wie er sie brauchte. Er hatte nicht die Absicht, einen Diebstahl zu decken, aber er verabscheute andererseits den Gedanken, daß irgendein Wesen, so sündig es auch war, der Gnade von Hamo FitzHamon ausgeliefert sein könnte.

Etwas Langes und Dünnes, ein silberner oder goldener Faden, hatte sich am Fuß einer Kerze verfangen und war zusammengerollt dort festgeklebt. Er löste vorsichtig die Kerze aus dem Halter und zupfte an dem langen hellen Haar. Um es auch ganz sicher zu bekommen, brach er die Wachsscheibe mit ab, in der es festgeklebt war. Dann hob er die Kerze hoch und drehte sie herum, um zu sehen, ob darunter noch etwas zu finden wäre. Er bemerkte einen winzigen, ovalen Punkt. Mit einem Fingernagel kratzte er einen einzelnen Lavendelsamen ab. Ob das Samenkorn versehentlich in der Schale liegengeblieben war, nachdem er sie benutzt hatte? Das hielt er für unwahrscheinlich. Die in seiner Hütte aufgestapelten Schalen waren sauber. Nein, dieses Samenkorn war höchstwahrscheinlich in der Falte eines Ärmels mitgeschleppt worden und beim Hantieren mit der Kerze herausgefallen.

Die Lady hatte voller Freude beide Hände in den Sack mit Lavendelsamen gesteckt und sich ungezwungen überall in seiner Werkstatt umgesehen. Es wäre leicht gewesen, unbemerkt die beiden Schalen mitzunehmen und in einer Falte ihres Mantels zu verbergen. Noch wahrscheinlicher war, daß sie dies Madoc aufgetragen hatte, als die beiden nach ihrem Stelldichein davongeschlichen waren. Mal angenommen, die beiden waren inzwischen so verzweifelt, daß sie planten, gemeinsam zu fliehen. Sie brauchten Geld für die Reise und um einen sicheren Unterschlupf zu bezahlen... Ja, das war nicht ausgeschlossen. Aber dann brachte der Lavendelsamen Cadfael auf eine neue Idee. Außerdem war da noch das lange, dünne Haar. Der Junge hatte zwar helle Haare, aber waren sie so hell?

Er ging durch den gefrorenen Garten in sein Herbarium, versperrte sorgfältig die Tür der Werkstatt hinter sich und öffnete den Lavendelsack. Er steckte beide Arme bis zum Ellbogen in die kühlen, glatten und süß duftenden Samen, die sich teilten wie Getreide. Und da waren sie, ziemlich weit unten. Seine Finger ertasteten erst einen und dann auch den zweiten Leuchter. Er setzte sich hin und überlegte, was zu tun sei.

Nachdem der verlorene Schatz gefunden war, wußte man immer noch nicht, wer der Dieb war. Er konnte den Fund sofort melden, aber FitzHamon würde rachsüchtig die Jagd fortsetzen, bis er den Schuldigen aufgetrieben hatte, und Cadfael wußte ihn inzwischen gut genug einzuschätzen, um zu erkennen, daß es ein Leben und alles mögliche andere kosten konnte, bis dieser Ankläger befriedigt war.

Cadfael mußte mehr wissen, ehe er dazu beitrug, daß jemand hingerichtet wurde. Aber es war besser, die Leuchter nicht an Ort und Stelle zu lassen. Es war fraglich, ob man seine Hütte überhaupt durchsuchen würde, aber möglich war es. Er rollte die Kerzenständer in ein Stück Sackleinen und schob sie mitten in die Hecke, dort wo sie am dichtesten war. Der dünne, überfrorene Schnee war im schwachen Sonnenschein von den Zweigen heruntergefallen. Sein Arm fuhr bis zur Schulter hinein, und als er ihn wieder herauszog, sprangen die Zweige zurück und hielten das Päckchen sicher fest. Wer auch immer das Diebesgut zuerst versteckt hatte, er würde es sicher in der Nacht holen kommen und dabei sein Gesicht zeigen müssen.

Es war gut, daß er die Beute ausgelagert hatte, denn vom immer wütender werdenden Hamo angetrieben, erreichten die Sucher seine Hütte noch vor der Vesper und stellten alles auf den Kopf, während er darüber wachte, daß sie seine Arzneien nicht beschädigten. Als sie sicher waren, daß das, was sie suchten, nicht in der Hütte war, zogen sie wieder von dannen. Im Lavendelsack hatten sie allerdings nicht sehr gründlich nachgesehen; gut möglich, daß sie die Kerzenhalter übersehen hätten, wenn sie dort geblieben wären. Glücklicherweise kam niemand auf die Idee, die Hecke auseinanderzunehmen. Als sie fort waren, um in der Scheune in Futter und Korn zu wühlen, brachte Cadfael die Beute wieder zum ersten Versteck zurück. Sollte der Köder nur in der Falle liegen, bis der Schuldige kam, um sie zu holen. Denn das würde er sicherlich tun, wenn er nicht mehr fürchten mußte, daß die Jäger die Beute vor ihm fanden.

Cadfael legte sich am Abend auf die Lauer. Es war nicht schwer, sich aus dem Dormitorium zu stehlen, als die Brüder zu Bett gegangen und eingeschlafen waren. Seine Zelle lag dicht an der Nachttreppe, und der Prior, der sowieso einen tiefen Schlaf hatte, lag am anderen Ende des langen Ganges. So bitterkalt die Nacht auch war, in der im Windschatten liegenden Hütte war es kaum kälter als in seiner Zelle, und er hatte einige Decken dort, mit denen er empfindliche Krüge und Flaschen vor Frost schützte. Er nahm seine kleine Schachtel mit Zunder und Feuerstein in die Hand und versteckte sich im Winkel hinter der Tür. Vielleicht würde er vergebens wachen, denn nachdem der Dieb den ersten Tag überstanden hatte, hielt er es möglicherweise für sinnvoll, noch einen zweiten Tag abzuwarten, bevor er die Beute holen kam.

Aber Cadfael sollte nicht vergebens warten. Seiner Schätzung nach war es ungefähr zehn Uhr, als er eine leichte Bewegung an der Tür hörte. Noch zwei Stunden, bis die Glocke zur Frühmesse läuten würde, und beinahe zwei Stunden, seit sich der Haushalt zurückgezogen hatte. Selbst im Gästehaus dürften jetzt alle in tiefem Schlaf liegen. Die Stunde war umsichtig gewählt. Cadfael hielt den Atem an und wartete. Die Tür schwang auf, ein Schatten glitt an ihm vorbei, leichte Schritte strebten zielsicher in die Ecke, wo der Lavendelsack an der Wand lehnte. Genauso leise drückte Cadfael die Tür wieder zu und lehnte sich mit dem Rücken dagegen. Erst dann schlug er einen Funken an und hielt die angeblasene Flamme an den Docht seiner kleinen Lampe.

Sie fuhr nicht zusammen und stieß keinen Schrei aus, sie versuchte nicht, an ihm vorbeizustürmen und in die Nacht zu entkommen. Sie hätte damit ohnehin keinen Erfolg gehabt, und sie war seit langem darin geübt, Dinge als gegeben hinzunehmen, die sie nicht ändern konnte. Sie stand vor ihm, während sich die kleine Flamme beruhigte und heller und heller brannte, das Gesicht im Schatten der Kapuze ihres Umhangs verborgen, die Kerzenhalter besitzergreifend an die Brust gedrückt.

»Elfgiva!« sagte Bruder Cadfael leise. Und dann: »Seid Ihr um Euer selbst willen hier oder im Auftrag Eurer Herrin?« Aber er glaubte die Antwort schon zu kennen. Die leichtlebige junge Frau würde ihren reichen Mann und ihr bequemes Leben niemals aufgeben, so anstrengend und unangenehm Hamos Aufmerksamkeiten auch sein mochten. Sie würde das, was sie hatte, nicht für ihren mittellosen, leibeigenen Liebhaber aufs Spiel setzen. Sie würde ihn behalten, um sich heimlich an ihm zu erfreuen, wann immer sie sich sicher wähnte.

Selbst wenn der alte Mann eines Tages starb, würde sie sich dem etwaigen Wunsch eines Oberherrn, sie möge sich mit einem anderen, ebenso abstoßenden Mann vermählen, nicht widersetzen. Sie war nicht aus dem Holz geschnitzt, aus dem Heldinnen und Abenteurerinnen gemacht sind. Diese Frau hier aber hatte ein ganz anderes Format.

Cadfael näherte sich ihr und hob behutsam eine Hand, um ihre Kapuze zurückzuschieben. Sie war groß, eine Handbreit größer als er, und sie stand aufrecht und stolz vor ihm, die Lilienblüten fest umklammernd. Das Netz, das ihr Haar bedeckt hatte, war mit der Kapuze zurückgeglitten, und nun strömte im schwachen Licht eine große Flut von silbrig-goldenem Haar von ihrem Kopf hinab und rahmte das bleiche Gesicht und die hellblauen Augen ein. Normannisches Haar! Die Dänen hatten ihre Saat bis hinunter nach Cheshire hinterlassen und diese große Blume nach England gepflanzt. Sie war nicht mehr schlicht, müde und resigniert. In diesem trüben, aber warmen Licht strahlte sie mit strenger Schönheit. Genauso mußten Bruder Jordans Augen sie erblickt haben.

»Jetzt verstehe ich«, sagte Cadfael. »Ihr seid in die Kapelle der Jungfrau Maria gekommen und habt im Auge unseres halbblinden Bruders gestrahlt, wie Ihr hier erstrahlt. Ihr seid die Heimsuchung, die ihn ehrfürchtig und verzückt erschauern ließ und die ihm auferlegte, drei Tage zu schweigen.«

Die Stimme, die er bisher kaum mehr als paar vereinzelte Worte hatte sprechen hören, ihre ebenmäßige und tiefe und schöne Stimme sagte nun: »Ich habe nicht behauptet, etwas zu sein, was ich nicht bin. Er hat mich verwechselt, und ich habe das Geschenk nicht zurückgewiesen.«

»Ich verstehe. Ihr habt nicht damit gerechnet, jemanden dort anzutreffen. Er muß so überrascht gewesen sein wie Ihr. Er hat Euch für unsere himmlische Mutter gehalten, die nach ihrem Belieben mit dem verfuhr, was ihr geschenkt worden war. Und Ihr habt ihm ein Versprechen abgenommen, das Euch drei Tage Schonung verspricht.« Es fügte sich zusammen. Die Herrin hatte zwar die Hände in den Sack gesteckt, aber

Elfgiva hatte das Kissen getragen, und ein oder zwei Körnchen waren durch den Musselin gedrungen und hatten sie verraten.

»Ja«, sagte sie, indem sie ihn mit stetigem Blick aus ihren blauen Augen ansah.

»Dann hättet Ihr also nichts dagegen gehabt, wenn am Ende bekannt geworden wäre, wer die Kerzenständer gestohlen hat.« Es war keine Anklage, sondern eine Frage, die seinem Verständnis diente.

Aber sie wandte sofort ein: »Ich habe sie nicht gestohlen. Ich habe sie genommen. Ich werde sie zurückgeben – dem Eigentümer.«

»Dann behauptet Ihr nicht, daß sie Euch gehören?«

»Nein«, sagte sie, »sie gehören mir nicht. Aber sie gehören auch nicht FitzHamon.«

»Ihr wollt mir doch nicht einreden«, widersprach Cadfael freundlich, »daß es am Ende überhaupt keinen Diebstahl gegeben hat?«

»O doch, den gab es«, sagte Elfgiva, und nun schien ihre bleiche Haut vor Zorn zu brennen, und ihre Stimme bebte wie die Saite einer Harfe. »Allerdings, es hat einen Diebstahl gegeben, und es war eine böse,

grausame Tat, aber sie ist nicht hier und nicht jetzt geschehen. Der Diebstahl ist schon vor einem Jahr geschehen, als Fitz-Hamon die Kerzenständer von Alard bekommen hat. Alard, ein Leibeigener wie ich, hat sie gemacht. Wißt Ihr, was der versprochene Preis für diese Kerzenständer war? Die Freilassung für Alard sollte es sein, und wir sollten endlich heiraten dürfen, nachdem wir drei Jahre und länger darum gebeten hatten. Selbst als Leibeigene hätten wir heiraten wollen und wären noch dankbar gewesen. Aber er hat Alard die Freiheit versprochen! Ein freier Mann befreit die Frau, so heißt es doch, und ich war ihm schließlich schon versprochen! Aber als FitzHamon die schöne Arbeit bekommen hatte, die er haben wollte, weigerte er sich, den versprochenen Preis zu zahlen. Er hat gelacht! Ich habe es gesehen und gehört! Er hat Alard mit einem Tritt davongejagt wie einen Hund. So hat Alard sich selbst genommen, was ihm vorenthalten wurde. Er ist geflohen. Am Tag des heiligen Stephen ist er geflohen!«

»Und Ihr seid geblieben?« fragte Cadfael behutsam weiter.

»Er hatte keine Gelegenheit, mich mitzunehmen. Er konnte sich nicht einmal verabschieden. Er wurde zu schwerer Arbeit auf einem anderen Gut von FitzHamon eingeteilt. Als seine Chance kam, lief er davon. Ich war nicht traurig! Ich habe gejubelt! Ob ich lebe oder sterbe, ob er sich an mich erinnert oder mich vergißt, er ist frei. Nur noch zwei Tage, und er wird endgültig frei sein. Dann hat er ein Jahr und einen Tag in einer freien Stadt seinen Lebensunterhalt verdient, und danach kann er nicht in die Leibeigenschaft zurückgeholt werden, selbst wenn man ihn faßt.«

»Ich glaube nicht«, warf Bruder Cadfael ein, »daß er Euch vergessen hat! Nun verstehe ich auch, warum unser Bruder erst in drei Tagen sprechen darf. In drei Tagen wird es zu spät sein, um den entlaufenen Diener zurückzuholen. Und Ihr seid der Meinung, daß die prächtigen Dinger, die Ihr da an Euch drückt, mit Fug und Recht Alard gehören, der sie gemacht hat?«

»Gewiß«, sagte sie. »Denn er wurde ja nie dafür bezahlt, und deshalb gehören sie immer noch ihm.«

»Ihr wolltet heute nacht losziehen, um sie

ihm zurückzubringen. So muß es sein! Wie ich hörte, hat es einen guten Grund gegeben, ihn bis London zu verfolgen ... Immerhin, bis London gar! Aber man hat ihn nicht gefunden. Habt Ihr etwas gehört? Von ihm selbst womöglich?«

Das bleiche Gesicht lächelte jetzt. »Wir können beide weder lesen noch schreiben. Und wem sollte ich trauen, eine Botschaft zu überbringen, solange die Zeit nicht abgelaufen und er ganz und gar frei ist? Nein, ich habe kein Wort von ihm gehört.«

»Aber Shrewsbury ist ebenfalls eine freie Stadt, wo sich ein unfreier Mann nach einem Jahr und einem Tag Arbeit die Freiheit verdienen kann. Und vernünftige Städte ermuntern gute Handwerker zu kommen und beschützen sie sogar und helfen ihnen, sich zu verstecken. Ich weiß es! Ihr glaubt also, er könnte hier sein. Und die Fährte nach London war eine falsche Fährte. Natürlich, warum sollte er auch so weit fortlaufen, wenn die Rettung so nahe ist? Aber, meine Tochter, was ist, wenn Ihr ihn nicht in Shrewsbury findet?«

»Dann werde ich ihn anderswo suchen, bis ich ihn gefunden habe. Auch ich kann mich als Entlaufene über Wasser halten. Ich bin nicht ungeschickt, und ich kann mich ernähren, bis ich ihn gefunden habe. In Shrewsbury ist für eine gute Näherin genauso Platz wie für einen geschickten Mann, und irgend jemand von der Zunft der Silberschmiede wird schon wissen, wo ich einen so begabten Handwerker wie Alard finden kann. Und finden werde ich ihn!«

»Und was wird dann? O Kind, habt Ihr schon über diesen Augenblick hinausgeschaut?«

»Bis ganz zum Ende«, sagte Elfgiva fest. »Wenn ich ihn finde, und er will mich nicht mehr haben, wenn er nicht mehr an mich denkt, wenn er verheiratet ist und mich vergessen hat, dann werde ich ihm diese Dinge geben, die ihm gehören, damit er damit tun kann, was er will, und ich werde meiner eigenen Wege gehen und mir mein Leben so gut es geht ohne ihn einrichten. Und ich werde ihm alles Gute wünschen, solange ich lebe.«

Oh, sie brauchte sicherlich keine Angst zu haben. Eine Frau wie sie vergaß ein Mann nicht so schnell, nicht nach einem Jahr und nicht nach vielen Jahren. »Und wenn er sich freut, Euch zu sehen und Euch immer noch liebt?«

»Wenn es so ist«, sagte sie mit einem feierlichen Lächeln, »und wenn er genauso denkt wie ich, will ich tun, was ich der Mutter Gottes gelobt habe, als sie mir erlaubte, in den Augen des alten Mannes so auszusehen wie sie. Wir werden die Kerzenständer verkaufen und gewiß einen guten Preis dafür erzielen, und dieses Geld werden wir Eurem Almosenverwalter geben, damit er die Hungrigen speist. Und das wird unser Geschenk sein, Alards und meines, auch wenn es niemand erfahren wird.«

»Unsere Mutter Gottes wird es sehen«, erklärte Cadfael, »und auch ich werde es wissen. Aber wie wollt Ihr nun aus dem Klosterbezirk heraus und nach Shrewsbury kommen? Beide Tore und die Stadttore sind bis zum Morgen verschlossen.«

Sie hob ihre wohlgeformten Schultern. »Die kleine Gemeindetür ist nicht verschlossen. Und selbst wenn ich Spuren hinterlasse, spielt das keine Rolle mehr, wenn ich erst einen sicheren Unterschlupf in der Stadt gefunden habe.«

»Und dort wollt Ihr dann in der kalten Nacht den Morgen abwarten? Ihr wärt vorher erfroren. Nein, laßt mich nachdenken. Uns wird sicher noch etwas Besseres für Euch einfallen.«

Sie formte die Lippen lautlos zu dem Wort ›Uns?‹ Sie staunte, aber sie begriff rasch. Sie hinterfragte seine Entscheidung nicht, so wie er nicht die ihre angezweifelt hatte. Er war sicher, daß er sich noch lange an das langsam breiter werdende, strahlende Lächeln erinnern würde, an das warme Glühen, das sich jetzt auf ihren Wangen ausbreitete. »Ihr glaubt mir!« sagte sie.

»Jedes Wort! Hier, gebt mir die Kerzenhalter. Laßt mich sie einwickeln, und Ihr steckt unterdessen Euer Haar wieder unter Netz und Haube. Es hat seit dem Morgen nicht mehr geschneit, und der Pfad zur Gemeindetür ist stark ausgetreten. Dort wird niemand Eure Spuren zwischen den vielen anderen Spuren sehen. Mädchen, wenn Ihr an der Brücke vor der Stadt angelangt seid, werdet Ihr zur Linken ein kleines Haus unterhalb der Mauer und dicht am Stadttor sehen. Klopft dort an und fragt, ob man Euch über Nacht aufnehmen kann, bis die

Tore geöffnet werden. Sagt, daß Bruder
Cadfael Euch geschickt hat. Die Leute dort
kennen mich, ich habe ihren Sohn verarztet,
als er krank war. Sie werden Euch um Got-
teslohn eine warme Ecke und einen Platz
zum Schlafen geben, und sie werden keine
Fragen stellen und auch nicht die Fragen
von anderen Leuten beantworten. Wahrscheinlich wissen sie auch, wo man die Silberschmiede der Stadt findet und können
Euch den richtigen Weg weisen.«

Sie band ihr hellblondes Haar zusammen
und bedeckte ihren Kopf. Dann zog sie den
Mantel um sich und verwandelte sich wieder in die schlichte Zofe im selbstgewirkten
Kleid. Sie gehorchte ihm aufs Wort, ohne
Fragen zu stellen, und folgte ihm leise über
den großen Hof. Sie hielten sich im Schatten,
sie blieb stehen, wenn er stehenblieb. So
führte er sie zur Kirche und ließ sie durch
die Gemeindetür auf die öffentliche Straße
hinaus. Bis zur Frühmesse war es immer
noch eine gute Stunde. Im letzten Augenblick, als sie in der halb geöffneten Tür dicht
vor ihm stand, sagte sie noch: »Ich werde
Euch immer dankbar sein. Eines Tages
werde ich Euch eine Botschaft schicken.«

»Worte sind nicht mehr nötig«, erwiderte Bruder Cadfael, »wenn Ihr mir das Zeichen schickt, auf das ich warten werde. Geht jetzt, und geht rasch, ehe jemand aufmerksam wird.«

Mit leichtem, leisem Schritt huschte sie davon und eilte als großer Schatten am Torhaus der Abtei vorbei zur Brücke und zur Stadt. Cadfael schloß behutsam die Tür und ging über die Nachttreppe wieder ins Dormitorium hinauf. Es war zu spät, um noch einmal einzuschlafen, aber er hatte noch etwas Zeit, ehe er zum Schlag der Glocke wieder aufstehen und mit seinen Brüdern in die Kirche zurückkehren mußte, um die Frühmesse zu feiern.

Natürlich gab es am nächsten Morgen einen ordentlichen Tumult, dem Cadfael sich nicht entziehen konnte. Es stand zuviel auf dem Spiel. Lady FitzHamon erwartete natürlich, daß ihre Zofe bereitstand, sobald sie die Augen öffnete. Sie stieß einen gereizten Ruf aus, als kein unterwürfiger Schatten herbeihuschte, um sie anzukleiden und ihre Haare zu richten. Auch der nächste Ruf ließ Elfgiva nicht erscheinen. Man konnte sie nirgends finden. Es dauerte schließlich eine Stunde oder länger, bis der Lady dämmerte, daß sie ihre geschickte Zofe unwiederbringlich verloren hatte. Wütend richtete sie sich selbst und ohne Hilfe her und beklagte sich bei ihrem Gatten, der vor ihr aufgestanden war und auf sie wartete, um mit ihr gemeinsam zur Messe zu gehen. Als sie ihm verärgert erklärte, daß Elfgiva nirgends zu finden und vermutlich in der Nacht fortgelaufen sei, schalt er seine Frau zunächst eine Närrin, denn welches vernünftige Mädchen ging schon in die kalte Nacht hinaus, wenn es dort, wo es war, Wärme und Schutz und genug zu essen bekam? Dann stellte er jedoch im Kopf die unvermeidliche Verbindung her und stieß seinerseits einen Wutschrei aus.

»Sie ist fort? Dann muß man wohl annehmen, daß meine Kerzenhalter mit ihr verschwunden sind. *Sie* war es also! Die gemeine kleine Diebin! Aber ich werde sie fassen, ich werde sie zurückschleppen, und sie soll keine Freude an ihrer Diebesbeute haben ...«

Es sah ganz danach aus, als wollte die Lady ganz ähnliche Töne anschlagen. Tatsächlich hatte sie schon den Mund geöffnet, um ihrem Herrn beizupflichten. Doch Bruder Cadfael streifte ihren Ärmel, als die aufgeregten Brüder das Paar umringten, und schüttelte ihr ein paar Lavendelkörnchen aufs Handgelenk. Sie schloß sofort den Mund. Sie starrte die winzigen Dinger einen kleinen Moment an, bevor sie sie abstreifte. Dann warf sie Bruder Cadfael einen kurzen Blick zu, begegnete seinem Blick und hörte ihn hastig flüstern: »Milady, Vorsicht! Der Beweis für die Unschuld des Mädchens ist der Beweis für die Unschuld der Herrin.«

Sie war keinesfalls eine dumme Frau. Ein zweiter rascher Blick verriet ihm, daß sie verstanden hatte. Es gab einen Mann hier, von dem ihr selbst noch weitaus mehr drohen konnte als das, was Elfgiva bevorstehen mochte. Sie war fähig, rasche Entschlüsse zu fassen, und sie verschwendete keinen Gedanken mehr auf ihre Enttäuschung, sobald sie sich entschieden hatte. Der Tonfall, mit dem sie sich an ihren Herrn wandte, war beinahe genauso scharf wie der Ton, in dem sie sich über Elfgivas Verschwinden beklagt hatte.

»Sie eine Diebin, ach was! Das ist dumm, wie Ihr ganz genau wißt. Das Mädchen ist eine undankbare Närrin, wenn sie mich verläßt, aber eine Diebin ist sie nie gewesen, und das ist sie auch dieses Mal sicherlich nicht geworden. Sie kann die Kerzenständer nicht mitgenommen haben. Ihr wißt genau, wann sie verschwunden sind, und Ihr wißt, daß ich mich an diesem Abend nicht wohl gefühlt habe und früh zu Bett gegangen bin. Sie war noch bei mir, als der Bruder Prior den Diebstahl schon entdeckt hatte. Ich habe sie gebeten, bei mir zu bleiben, bis Ihr zu mir kommen würdet, *was Ihr aber nicht getan habt!*« Die letzten Worte sprach sie besonders scharf. »Ihr werdet Euch sicher daran erinnern.«

Hamo hatte vermutlich nur sehr verschwommene Erinnerungen an den vorletzten Abend. Ganz gewiß war er nicht in der Lage abzustreiten, was seine Frau so selbstsicher erklärt hatte. Er ließ seine schlechte Laune ein wenig an ihr aus, aber ihre Furcht vor ihm war nicht so groß, als daß sie es ihm nicht mit gleicher Münze heimgezahlt hätte. Natürlich war sie sich sicher! *Sie* hatte sich doch nicht am Tisch des Herrn Abtes besinnungslos getrunken, sie hatte sich um ihren schlimmen Kopf küm-

mern müssen, und selbst mit Bruder Cadfaels Trank war sie erst nach Mitternacht
eingeschlafen, und da war Elfgiva immer
noch bei ihr gewesen. Natürlich sollte er
die entlaufene Dienerin jagen, diese undankbare Dirne, aber er sollte sie nicht als
Diebin bezeichnen, weil sie das nicht war.

Und er jagte sie, aber er machte sich nicht
besonders energisch ans Werk, weil klar
war, daß er sein Eigentum nicht zurück-
bekäme, wenn er sie faßte. Er schickte seine
Burschen und die Hälfte der Diener der
Lady in beide Richtungen aus und ließ fragen, ob jemand ein einsames Mädchen in
großer Eile gesehen habe. Die Boten waren
den ganzen Tag unterwegs, kehrten aber
mit leeren Händen zurück.

Am nächsten Tag brach die Gesellschaft
aus Lidyate, abzüglich einer Person, nach
Hause auf. Lady FitzHamon ritt gut aufgehoben hinter dem jungen Madoc, die
Wange an seine breite Schulter gelegt. Sie
schenkte Bruder Cadfael sogar ein ver-
schwörerisches Lächeln, als der Geleitzug
aus dem Tor hinausritt. Als sie dann die
Straße erreichten, löste sie einen Arm von
Madocs Hüfte und winkte Cadfael zu.

So war Hamo nicht mehr anwesend, als Bruder Jordan nach Ablauf der gesetzten Frist verkünden konnte, daß ihm die Jungfrau Maria in einem himmlischen Licht erschienen sei, so schön wie ein Engel, und die Kerzenleuchter mit sich genommen habe, die ihr ja gehörten, um damit zu tun, was immer sie damit tun wollte. Sie habe, sagte er, sogar mit ihm gesprochen und ihn verpflichtet, drei Tage zu schweigen. Und falls es den einen oder anderen unter den Zuhörern gab, der sich fragte, ob die schöne Frau nicht eine sehr körperliche Erscheinung gewesen war, so brachte es doch niemand übers Herz, dies dem alten Jordan zu sagen, dessen Vision ihm als Ausgleich für das verblassende Augenlicht Trost und Freude spendete.

Dies trug sich zur Frühmesse am Feiertag des heiligen Stephen zu. Unter den Gaben, die am nächsten Morgen am Torhaus für die Bettler hereingereicht wurden, befand sich ein kleiner Korb, der überraschend schwer war. Der Pförtner konnte sich nicht erinnern, wer ihn gebracht hatte. Er glaubte, wie bei allen anderen Spenden, an eine Gabe von Essen oder alter Kleidung. Aber als der Korb geöffnet wurde, rannte

Bruder Oswald, der vor Freude und Erstaunen kaum ein Wort herausbrachte, zu Abt Heribert, um ihm von dem zu erzählen, was ihm wie ein Wunder vorkam. Denn der Korb war mit Goldmünzen gefüllt, die zusammen einen Wert von mehr als hundert Silbergroschen hatten. Klug verwendet, würde diese Summe die schlimmsten Nöte der ärmsten Bittsteller lindern, bis das Wetter sich wieder besserte.

»Gewiß«, sagte Bruder Oswald ergeben, »hat unsere Jungfrau Maria damit ihren Willen kundgetan. Ist dies nicht das Zeichen, auf das wir gehofft haben?«

Für Bruder Cadfael war es gewiß das richtige Zeichen, und es war früher gekommen, als er zu hoffen gewagt hatte. Er hatte die Botschaft bekommen, die keiner Worte bedurfte. Sie hatte Alard gefunden und war mit Freuden aufgenommen worden.

Und seit Mitternacht war Alard, der Silberschmied, ein freier Mann, und ein freier Mann befreit die Frau. Mit einer Frau wie Elfgiva vereint, konnte er so großzügig spenden, wie sie es versprochen hatte, denn was zählte schon Gold und was zählte Silber im Vergleich?

Der
Augenzeuge

Es war natürlich etwas herzlos von Bruder Ambrose, just in dem Augenblick an einer schlimmen Mandelentzündung zu erkranken, als die jährlichen Pachtzahlungen eingetrieben werden sollten. So blieben die Urkundenrollen unkopiert und die Neueintragungen ungeschrieben. Niemand kannte sich mit den Urkunden der Abtei so gut aus wie Bruder Ambrose. Er war vier Jahre lang der Schreiber von Bruder Matthew, dem Kellermeister, gewesen, und in dieser Zeit war die Abtei in den Genuß zahlreicher Schenkungen gekommen. Eine neue Mühle stand am Tern, in der Stadt und in der Umgebung waren Weiden, Waldungen und Anwesen und draußen auf dem Land ein paar Äcker dazugekommen, Fischrechte stromaufwärts und sogar ein oder zwei Kirchen. Niemand verstand es wie er, einen aalglatten Pächter oder Einlieger am Kragen zu packen oder sich einen Haushalt vorzuknöpfen, der jederzeit drei gute Geschichten parat hatte, um seine Zahlungsunfähigkeit zu erklären. Nur noch ein Tag, und die Eintreibung sollte beginnen, und Bruder Ambrose lag niedergestreckt auf einer Pritsche der Krankenstation, krächzte wie ein kleiner Rabe und war ungefähr genausogut zu gebrauchen.

Master William Rede, Bruder Matthews erster Verwalter, der sich in der Stadt Shrewsbury und in den Vororten immer selbst um die Eintreibung kümmerte, nahm Bruder Ambroses Erkrankung beinahe als persönliche Beleidigung auf. Er war gezwungen gewesen, als Aushilfe einen jungen Laienbruder einzusetzen, der seit kaum vier Monaten der Abtei als Schreiber diente. Nicht, daß er irgendeinen Grund gehabt hätte, sich über die Arbeit des jungen Mannes zu beklagen. Der Bursche hatte alle Dokumente fleißig und ordentlich kopiert und mit wachsamen und interessierten Augen und flinkem Verstand betrachtet, was er zu kopieren hatte. Besonders die wertvolle Pachtrolle hatte er voller Ehrfurcht beäugt.

Aber Master William Rede war erzürnt

und zögerte nicht, es jeden wissen zu lassen. Er war ein querköpfiger, streitsüchtiger Mann von etwa fünfzig Jahren, der, sagte man ›weiß‹, unweigerlich ›schwarz‹ behaupten und schriftliche Beweise für seine Behauptung vorlegen würde. Einen Tag vor der Eintreibung in der Stadt besuchte er seinen alten Mitarbeiter und Helfer in der Krankenstation der Abtei, aber ob er trösten oder dem Kranken Vorhaltungen machen wollte, blieb der Spekulation überlassen. Bruder Ambrose, der immer noch nicht reden konnte, wollte etwas sagen, brachte aber nur ein schmerzvolles Quietschen heraus. Bruder Cadfael, der gerade seinem Patienten frisches Gänsefett auf die Kehle rieb und einen lindernden Sirup aus Johanniskraut bereitgestellt hatte, legte dem Kranken eine Hand auf dem Mund und gebot ihm Schweigen.

»Werter William«, sagte er freundlich, »wenn Ihr nicht trösten könnt, dann solltet Ihr ihn wenigstens nicht auch noch quälen. Dieser arme Kerl hier hat sowieso schon ein schlechtes Gewissen, und Ihr wißt so gut wie ich, daß Ihr die Sache mühelos allein erledigen könnt. Wünscht ihm gute Besserung, und tut es mit einem Lächeln oder geht hinaus.« Damit wickelte er einen langen Streifen gutes walisisches Flanell um den fettglänzenden Hals und langte nach dem Löffel, der im Becher mit dem Sirup steckte. Bruder Ambrose öffnete mit der ergebenen Resignation eines kleinen Vogels, der auf sein Futter wartet, den Mund und nahm die überraschend schmackhafte Gabe an.

Aber so leicht wollte William Rede sich seinen Ärger nicht ausreden lassen. »Oh, es ist natürlich nicht Eure Schuld«, räumte er widerstrebend ein, »aber es ist doch ein Unglück für mich. Als ob ich nicht schon so genug zu tun hätte, wo die Pachtrolle so lang geworden ist und der Schreiber immer mehr mit ihr zu tun hat. Zu allem Überdruß habe ich auch noch daheim Schwierigkeiten, weil mein nichtsnutziger Sohn ein Zankhahn und ein Spieler ist. Mehr als ein Dutzendmal habe ich ihm schon gesagt, daß er vergebens kommen wird, wenn er noch einmal nach Hause kommt und jammert, daß ich ihm seine Schulden bezahlen oder ihn aus seinen Schwierigkeiten freikaufen soll. Soll er doch im Kerker schmachten, habe ich ihm gesagt, das geschähe ihm gerade recht. Man sollte doch meinen, daß sein eigen Fleisch und Blut einem Mann nicht solche Scherereien machen darf. Aber nein, ich habe nur Ärger, immer nur Ärger mit ihm.«

Wenn er einmal mit seinem Lieblingslied angefangen hatte, konnte er es auf unbestimmte Zeit fortsetzen, und Bruder Ambrose machte schon ein schuldbewußtes und mißbilligendes Gesicht, als hätte nicht William, sondern er selbst den mißratenen Sohn gezeugt. Cadfael konnte sich nicht erinnern, mit dem jungen Rede schon einmal mehr als einen Gruß gewechselt zu haben, und er wußte genug über Väter und Söhne und die Erwartungen, die sie voneinander hatten, um Klagen wie diese mit der gebotenen Vorsicht zur Kenntnis zu nehmen. Wie man hören konnte, war der junge Mann tatsächlich ein wilder Bursche, aber welcher von den zweiundzwanzigjährigen hoffnungsvollen Sprößlingen der Stadt wäre das nicht gewesen? Mit dreißig waren die meisten von ihnen hart arbeitende Männer, die auf ihren Geldbeutel, ihr Heim und ihre Frau achtzugeben wußten.

»Euer Junge wird wie so viele andere auch schon wieder auf den rechten Weg kommen«, tröstete Cadfael ihn, während er den geschwätzigen Besucher aus der Krankenstation in den Sonnenschein auf dem großen Hof schob.

Links erhob sich der mächtige Westturm der Kirche, und rechts stand das langgestreckte Gästehaus. Dahinter waren die Kronen der Obstbäume zu sehen, die gerade zu knospen begannen. Auf Steinen und Pflaster lag überall ein feuchter Schleier, der frühlingshaft glänzte.

»Was die Pacht angeht, das wißt Ihr selbst so gut wie ich, Ihr alter Halsabschneider, so werdet Ihr mit Argusaugen auf jede einzelne Zeile im Pachtbuch achten, und Ihr werdet die morgige Abrechnung hinter Euch bringen wie einen Spaziergang. Jedenfalls könnt Ihr Euch nicht über die Handschrift Eures Lehrlings beschweren. Er hat hart genug an Euren Büchern gearbeitet.«

»Jacob hat seine Begabung gewiß unter Beweis gestellt«, stimmte der Verwalter vorsichtig zu. »Ich muß zugeben, daß ich überrascht war, wie schnell er in so kurzer

Zeit die geschäftlichen Belange der Abtei verstehen gelernt hat. Heutzutage interessieren sich die meisten jungen Leute ja nicht besonders für das, was sie tun sollen – flatterhaft und launisch sind sie. Es war erfreulich, einmal einen zu sehen, der mit großem Eifer gearbeitet hat. Ich wage zu behaupten, daß er inzwischen auswendig weiß, welche Einkünfte wir von welchem Besitz zu erwarten haben. Ja, er ist ein guter Junge. Aber er ist mir fast schon zu klug, Cadfael, und zu liebenswürdig. Das ist sein Fehler. Zahlen und Buchstaben auf einem Pergament können ihn nicht beirren, aber ein Gauner mit freundlicher Zunge könnte ihn einwickeln. Er wagt es nicht, jemand vor den Kopf zu stoßen, er will niemandes Unmut auf sich ziehen. Bei manchen Menschen zahlt sich allzu große Offenheit nicht aus.«

Der Nachmittag war angebrochen. In einer Stunde würde der Vespergottesdienst beginnen. Auf dem großen Hof herrschte immer ein gewisses Kommen und Gehen, aber diese Stunde des Tages war die stillste. Gemächlich überquerten sie zusammen den Hof. Bruder Cadfael wollte in seine Werkstatt im Kräutergarten zurückkehren, und der Verwalter zum nördlichen Teil des Kreuzgangs gehen, wo sein Assistent eifrig im Skriptorium beschäftigt war. Bevor sie die Stelle erreicht hatten, an der sich ihre Wege trennen würden, tauchten zwei junge Männer aus dem Kreuzgang auf und kamen, sich lebhaft unterhaltend, in ihre Richtung.

Jacob von Bouldon war ein kräftiger, vierschrötiger junger Bursche aus dem Süden der Grafschaft. Er hatte ein rundes, liebenswertes Gesicht, große, offen blickende Augen und immer ein fröhliches Lachen auf den Lippen. In einer Hand hatte er ein zusammengeklapptes Pergament, und hinter seinem Ohr steckte ein Federkiel. Er war ganz der eifrige, schwer arbeitende Schreiber. Vielleicht ein wenig zu offenherzig im Umgang mit anderen Menschen, wie sein Meister gesagt hatte. Der schlaksige Bursche mit dem schmalen Kopf, der ihm aufmerksam zuhörte, machte einen ganz anderen Eindruck. Sein Gesicht war wettergegerbt, die Augen scharf, und in seinen abgewetzten Kleidern wirkte er etwas farblos. Er trug ein Lederwams, das die Reibung von schwerem Gepäck abfangen sollte. Tatsächlich war die linke Schulter wie vom Druck schwerer Lasten abgeschabt und hatte den Glanz verloren. Sein Hut hatte eine breite, herabhängende Krempe, die den Regen abhalten sollte. Ein reisender Kurzwarenhändler, der ein paar Tage lang Geschäfte in Shrewsbury machen wollte, war kein ungewöhnlicher Gast im Gästehaus der Abtei. Irgendwo in der Grafschaft waren immer ein paar Männer wie er unterwegs.

Der Händler grüßte Master William mit offensichtlicher Ehrerbietung, wünschte einen guten Tag und entfernte sich in Richtung seines Quartiers. Es war noch viel zu früh, um das Tagewerk abzuschließen, aber vielleicht hatte er gute Geschäfte gemacht und war gekommen, um seine Vorräte zu ergänzen. Ein kluger Händler hielt immer etwas in Reserve, wenn er ein sicheres Lager zur Verfügung hatte, statt bei jedem Gang seine ganze Habe mitzunehmen.

Master William sah ihm ohne große Begeisterung nach. »Was hatte der Mann mit dir zu schaffen, Junge?« fragte er mißtrauisch. »Er hat eine lange Nase, die er mir viel zu weit in alle möglichen Dinge steckt. Ich habe gesehen, wie er sich an jeden aus dem Haus herangemacht hat, den er allein in einer Ecke zu fassen bekam. Was wollte er im Skriptorium?«

Jacob riß die großen Augen noch weiter auf. »Oh, er ist gewiß ein ehrlicher Mann, Herr, da bin ich ganz sicher. Auch wenn er überall herumschnüffelt und eine Menge Fragen stellt, das ist wohl richtig…«

»Dann gib ihm keine Antwort«, befahl der Verwalter streng.

»Das habe ich auch nicht getan. Ich habe nur ganz allgemein mit ihm gesprochen und ihm nichts verraten. Aber ich glaube, er ist einfach nur neugierig und führt nichts Böses im Schilde. Er will eben mit jedermann auf gutem Fuß stehen, weil das gut für sein Geschäft ist. Ein Händler, der nicht mit den Leuten plaudert, kann nicht viele Schnüre und Spitzen verkaufen«, erklärte der junge Mann munter. Dann winkte er mit dem Pergament, das er mitgebracht hatte. »Ich wollte Euch gerade nach dem Stück Land in Recordine fragen – ich habe eine Radierung im Grundbuch gefunden und deshalb zum Vergleich in der Kopie

nachgesehen. Ihr werdet Euch erinnern, Herr, daß das Land eine Zeitlang umstritten war, weil der Erbe es zurückzubekommen suchte ...«

»Ich erinnere mich. Komm mit, ich werde dir das Original zeigen. Aber rede mit diesem reisenden Volk so wenig, wie es dir möglich ist, ohne allzu grob zu werden«, ermahnte Master William ihn ernst. »Auf den Straßen gibt es nicht nur ehrbare Händler, sondern auch Halsabschneider. Nun geh schon, ich komme gleich.«

Er sah dem Jungen nach, der mit federndem Schritt ins Skriptorium zurückkehrte. »Wie ich schon sagte, Cadfael, er will mit jedermann gut Freund sein. Es ist nicht klug, immer nur auf das Beste im Menschen zu sehen. Aber trotzdem«, fügte er noch hinzu und kam niedergeschlagen auf seinen privaten Kummer zurück, »wünschte ich doch, daß mein Taugenichts diesem hier etwas ähnlicher wäre. Verschuldet, weil er gespielt hat, von den Wachtmeistern bei einer Prügelei auf offener Straße aufgelesen, mit einer Strafe belegt und außerstande, die Strafe aufzubringen. Und weil er weiß, daß ich meinen Namen nicht besudelt sehen will, verläßt er sich darauf, daß ich ihn freikaufe. Ob ich will oder nicht, ich muß mich morgen darum kümmern, wenn ich meine Runde durch die Stadt gemacht habe. Ihm bleiben nur noch drei Tage, um zu bezahlen. Wenn seine Mutter nicht wäre... trotzdem, trotzdem, dieses Mal müßte ich ihn eigentlich schmoren lassen.«

Er folgte seinem Schreiber und schüttelte ob seiner Sorgen verbittert den Kopf. Cadfael ging in den Kräutergarten, um zu sehen, welche Geniestreiche oder Narrheiten Bruder Oswin dort inzwischen ausgeheckt hatte.

Am nächsten Morgen, als die Mönche nach der Prim aus der Kirche kamen, sah Bruder Cadfael den Verwalter zu seiner Runde aufbrechen. Er hatte die große Ledertasche mit zwei dicken Riemen an seinem breiten Gürtel befestigt. Am Abend würde sie mit den Pachteinnahmen aus der Stadt und den nördlichen Vororten prall gefüllt sein. Jacob sagte ihm Lebewohl und ließ pflichtschuldigst die letzten eindringlichen Anweisungen über sich ergehen. Er seufzte, als der

Verwalter fort war und er sich wieder seiner Schreibarbeit zuwenden konnte. Auch Warin Harefoot, der fliegende Händler, war früh aufgebrochen, um seine Ware den Hausfrauen in der Stadt und in der Vorstadt anzupreisen. Ein angenehmer Bursche war er, der sich aus beruflichen Gründen oft verneigte und viel lächelte, aber wie es aussah, hatten ihm alle Anstrengungen nicht mehr als ein äußerst bescheidenes Einkommen verschaffen können.

So kehrte Jacob zu seiner Feder und seinem Tintenfaß im Kreuzgang zurück, während Master William sich an seine wichtige Aufgabe machte. Wer weiß, dachte Cadfael, wer von den beiden recht hat? Der junge Mann, der nur das Gute im Menschen sieht und jedem vertraut, oder der Ältere, der alles mögliche befürchtet, bis er die Dinge gründlich und ordentlich überprüft hat? Der eine mochte hin und wieder in eine Falle tappen, aber zwischen seinen Stürzen unterwegs immerhin den Sonnenschein genießen. Der andere mochte wohl niemals straucheln, aber dafür nur selten Freude genießen. Das beste war es wohl, einen Weg dazwischen zu wählen!

Es war ein seltsamer Zufall, daß er beim Frühstück ausgerechnet neben Bruder Eutropius zu sitzen kam. Über Bruder Eutropius war so gut wie nichts bekannt. Er war erst vor zwei Monaten aus einem kleineren Besitz des Klosters in die Abtei St. Peter und St. Paul zu Shrewsbury gekommen. Während aber zum Beispiel Bruder Oswin binnen zwei Monaten für alle durchschaubar geworden war wie ein offenes Buch, gab Eutropius sich zurückhaltend und zugeknöpft und verlor kaum ein Wort über sich selbst. Ein schweigsamer Mann von schätzungsweise dreißig Jahren war er, der sich abseits hielt und mit einer gewissen einsamen Unzufriedenheit alles beäugte, was ihm in die Quere kam, ohne sich aber je zu beklagen. Vielleicht war dieser Eindruck jedoch auch nur entstanden, weil er ein relativ einsilbiger Mensch war, der in dieser für ihn neuen Situation zunächst mit Schüchternheit reagierte. Vielleicht trug er auch einen heimlichen Zorn auf sein Schicksal und die ganze Welt mit sich herum. Die Gerüchte gingen dahin, daß er eine enttäuschte Liebe hinter sich hatte und auch nach Anlegen der

Kutte keine Linderung fand. Die Gerüchte beruhten aber, da Verläßliches nicht zu erfahren war, zum größten Teil auf reiner Fantasie.

Eutropius arbeitete ebenfalls für Bruder Matthew, den Kellermeister. Er war ein intelligenter und des Lesens und Schreibens kundiger Mann, aber kein guter oder schneller Schreiber. Vielleicht hätte es ihm gefallen, die Bücher anvertraut zu bekommen, nachdem Bruder Ambrose erkrankt war. Vielleicht war er zornig, weil der Laienschreiber ihm gegenüber vorgezogen worden war. Vielleicht! Wie immer, wenn es um Eutropius ging, war man auch in diesem Fall auf Mutmaßungen angewiesen. Eines Tages würde jemand seinen Schutzpanzer mit einem unbedachten Wort oder einer unerwarteten, unwiderstehlichen Freundlichkeit durchbrechen, und das Geheimnis wäre kein Geheimnis und der Fremde kein Fremder mehr.

Bruder Cadfael wußte, daß es besser war, nichts zu überstürzen, wenn es um Seelen ging. Die Ewigkeit war groß genug.

Als er am Nachmittag zum Bauernhof der Abtei ging, um etwas Saatgut zu holen, das er dort auf dem Speicher gelagert hatte, traf Cadfael auf Jacob, der für den Augenblick mit der Schreiberei fertig war und mit wichtiger Miene und mit einem eigenen Lederranzen bewaffnet in die Vorstadt aufbrechen wollte.

»Dann hat er Euch also auch einen Bezirk zugeteilt?« fragte Cadfael.

»Ich hätte gern mehr getan«, sagte Jacob ein wenig gekränkt. Obwohl gut gewachsen, sah er mit seinem Engelsgesicht jünger aus als die fünfundzwanzig Jahre, die er zählte. »Aber er sagt, ich sei zu langsam, weil ich die Wege und die Pächter nicht kenne, und deshalb läßt er mich nur die außen liegenden Straßen in der Vorstadt bearbeiten. Ich gebe es ja zu, ich werde länger brauchen, als ich dachte. Es tut mir auch leid, daß er sich wegen seines Sohnes solche Sorgen macht«, sagte er kopfschüttelnd. »Er muß sich um seine Rechtsangelegenheiten kümmern und meinte, ich solle mir keine Sorgen machen, wenn er heute spät zurückkehrt. Ich hoffe, es verläuft alles gut«, schloß der treue Bedienstete. Damit schritt er energisch aus, um seinem Herrn so gut wie möglich bei dessen Aufgaben zu unterstützen.

Cadfael kehrte mit seinem Saatgut in den Garten zurück und arbeitete etwa eine Stunde stillvergnügt. Dann wusch er sich die Hände und sah nach Bruder Ambrose, der ihm, mittlerweile halbwegs verständlich, etwas ins Ohr krächzen konnte: »Ich könnte aufstehen und dem armen William helfen – es ist so ein anstrengender Tag für ihn ...«

Cadfaels große, rauhe Hand hielt ihn zurück. »Bleibt still liegen«, sagte Cadfael. »Seid ein kluger Mann. Laßt sie nur zusehen, wie sie ohne Euch zurechtkommen. Danach werden sie Euch um so mehr zu schätzen wissen. So, jetzt wird es aber Zeit!« Er fütterte abermals seinen gefangenen Vogel und kehrte dann zu seinen Gartenarbeiten zurück.

Zum Vespergottesdienst traf Bruder Eutropius verspätet ein. Er kam hastig und atemlos, aber sein Gesicht war undurchdringlich wie immer. Als die Mönche die Kirche verließen, um im Refektorium das Abendessen einzunehmen, kam Jacob von

Bouldon gerade mit seiner Tasche voller Pachtgroschen zum Torhaus herein. Er bewachte die Tasche eifersüchtig mit einer Hand und sah sich hoffnungsvoll nach seinem Meister um, der aber noch nicht zurückgekehrt war. Auch zwanzig Minuten später, als die Abendtafel aufgehoben wurde, war der Meister noch nicht da. Als es bereits dämmerte, trottete Warin Harefoot müde über den Hof zum Gästehaus. Der Packen auf seiner Schulter schien kaum kleiner als der, mit dem er am Morgen aufgebrochen war.

Madog, der Besitzer des Totenkahns, verdiente seinen Lebensunterhalt damit, zu jeder Jahreszeit Ertrunkene aus dem Severn zu fischen. Abgesehen davon hatte er aber noch eine ganze Reihe von jahreszeitlich wechselnden Nebenbeschäftigungen, die ihm nicht nur Geld einbrachten, sondern ihm obendrein noch ein gewisses Vergnügen bereiteten. Eine der Nebentätigkeiten, die er am meisten genoß, war das Angeln, und zwar am liebsten im Vorfrühling, wenn die geschlechtsreifen Lachse flußaufwärts schwammen. Schön gewachsene, kräftige junge Männchen, die vorzeitig im Laichgebiet eingetroffen waren, schwammen ungestüm herum und sprangen wie Turner aus dem Wasser, bevor viele Meilen stromauf die Laichzeit begann. Madog war erfahren darin, sie zu fangen, und er hatte an diesem Tag bereits einen Lachs an Bord, als er mit seinem Boot ins dichte Gebüsch unter das Schleusentor der Burg paddelte. Dort kam ein schmaler Abfluß aus der Stadt herab, und an dieser Stelle warf Madog eine dünnere Leine aus, um mitzunehmen, was er hier noch bekommen konnte. Er befand sich in guter Deckung unter einem Blätterdach und konnte sein Boot am Ufer festsetzen und dösen, bis ihn ein Ruck an der Leine wecken würde. Von droben, von den Wällen der Burg, von der Stadtmauer und von den Fenstern aus war er nicht zu sehen.

Es dämmerte bereits, als er plötzlich auffuhr, weil nicht weit stromaufwärts etwas Schweres mit lautem Platschen ins Wasser fiel. Augenblicklich voll erwacht, stieß er sein Boot etwa einen Meter vom Ufer ab und sah in die entsprechende Richtung, konnte aber nichts entdecken, was das

Geräusch hätte erklären können. Dann bemerkte er einen Strudel in der Mitte des Stromes und wurde auf einen braunen Ärmel aufmerksam, der die Wasseroberfläche durchbrach. Und dann sah er, wie sich das ovale, bleiche Gesicht eines Mannes mit den Wellen hob und senkte. Mitten im Strom trieb, sich langsam drehend, ein lebloser Körper vorbei. Madog machte sich sofort mit eifrig geschwenktem Paddel an die Verfolgung. Es ist kein einfaches Unterfangen, eine Leiche aus dem Fluß in ein kleines Fischerboot zu bekommen, aber er hatte es lange genug geübt, und er wußte das Gleichgewicht zu halten und den Zug im richtigen Winkel anzusetzen. Zuerst packte er den aufgeblähten Ärmel des Mannes, und als er ihn dann ins Boot zog, hüpfte die Nußschale wie ein Korken und drehte sich wie ein treibendes Blatt. Das Wasser lief in Strömen von dem leblosen Körper herab.

Sie hatten inzwischen den Fluß halb überquert. Auf der anderen Seite in der Gaye beendeten gerade einige Laienbrüder ihre Arbeit in den Gemüsegärten. Sie waren die nächsten Menschen, die er zu Hilfe rufen konnte. Madog ruderte in ihre Richtung und rief sie an, um sie zurückzuhalten. Sie kamen sofort in seine Richtung gerannt.

Als sie ihn erreichten, hatte er den Bewußtlosen schon aus dem Boot ans Ufer gezogen und mit dem Gesicht nach unten ins Gras gelegt. Er hob die Hüften des Mannes an, damit das Wasser aus seinen Lungen liefe, und drückte mit großen, gichtigen Händen energisch auf seinem Rücken herum.

»Er hat nur ein oder zwei Atemzüge lang im Wasser gelegen, denn ich habe ihn ins Wasser platschen hören. Habt ihr vorhin zum Schleusentor hinübergesehen?« Aber sie schüttelten besorgt und ängstlich die Köpfe und beugten sich über den triefnassen Mann, der in diesem Augenblick tief Luft holte, keuchte und das Wasser wieder ausspie, das er verschluckt hatte. »Er atmet noch. Er wird es überleben. Aber er sollte ertränkt werden, das ist klar! Seht Euch das hier an!«

Auf dem Hinterkopf zeichnete sich im dichten, ergrauenden Haar durch heraussickerndes Blut eine gezackte, tiefe Wunde ab.

Einer der Laienbrüder stieß einen lauten Schrei aus und kniete nieder, um das nasse, bleiche Gesicht ins Licht zu drehen. »Das ist Master William! Das ist unser Verwalter! Er wollte in der Stadt die Pacht eintreiben... Seht, die Tasche ist von seinem Gürtel verschwunden!« Das Leder war an den Stellen, wo die schwere Tasche befestigt gewesen war, zerkratzt und eingedrückt. Am unteren Rand des kräftigen Gürtels war ein Schnitt zu sehen, als wären die Riemen des Beutels in großer Eile abgeschnitten worden. »Raub und Mord!«

»Das eine, gewiß, aber nicht das andere – noch nicht«, sagte Madog einfach. »Er atmet ja noch, er ist noch nicht tot. Aber wir sollten ihn sofort ins Bett stecken, damit er gepflegt wird. Ich glaube, Eure Krankenstation wäre der richtige Ort. Benutzt Eure Hacken und Spaten, Burschen, und nehmt meinen Mantel, und wenn einer von Euch noch einen hat...«

Sie fertigten eine Trage an, auf der sie Master William so schnell und schonend wie möglich in die Abtei trugen. Als sie durchs Torhaus eintraten, kamen Pförtner, Gäste und Brüder aufgeschreckt und beunruhigt heran. Bruder Edmund, der Krankenwärter, kam herbeigelaufen und führte sie zu einem Bett im Krankenquartier, das nahe am Feuer war. Jacob von Bouldon, der gelaufen kam, um seine schlimmsten Befürchtungen bestätigt zu sehen, stieß einen entsetzten Schrei aus, fing sich aber sofort wieder und rannte fort, um Bruder Cadfael zu holen. Der Subprior, von Madog über die Begleitumstände informiert, hatte schon zu viele ertrunkene und fast ertrunkene Männer gesehen, um sich noch aufzuregen. Er schickte sofort einen Boten in die Stadt, um Vorsteher und Sheriff zu unterrichten, und noch bevor das Opfer von den durchweichten Kleidern befreit, in Decken gewickelt und ins Bett gelegt worden war, begann in der Stadt die Suche nach dem Täter.

Der Sergeant des Sheriffs kam, hörte sich Madogs Geschichte an und dachte einen Moment lang, der alte walisische Kahnfahrer, der so viele Leute aus dem Wasser geholt hatte, könnte zur Abwechslung auch einmal einen hineingeworfen haben. Aber in diesem Fall hätte Madog dafür gesorgt, daß das Opfer unterging und nie wieder auftauchte, es sei denn, er wäre sicher, daß das Opfer ihn keinesfalls würde erkennen oder identifizieren können. Madog bemerkte den kurzen Zweifel und grinste belustigt.

»Ich weiß bessere Arten, mir meinen Lebensunterhalt zu verdienen. Aber wenn Ihr schon fragen müßt, unter den Gärtnern in der Gaye muß es einige gegeben haben, die mich stromab kommen sahen, und die bemerkt haben, daß ich drüben unter den Bäumen meine Angel auswarf. Ich kann Euch versichern, daß ich den Fuß nicht aufs Ufer gesetzt habe, bis ich diesen Mann hier abgeladen habe. Ich habe den Burschen zugerufen, zu kommen und mir zu helfen. Vielleicht kennt Ihr mich nicht, aber die Brüder hier kennen mich.«

Der Sergeant, zweifellos einer der paar Männer, die neu in die Dienste der Burg von Shrewsbury aufgenommen worden waren, und der Madogs besondere Stellung am Fluß nicht kannte, akzeptierte Bruder Edmunds aufrichtige Zusicherung, daß dem so sei, und tat seine Zweifel mit einem Achselzucken ab.

»Es ist schon schade«, sagte Madog

schließlich nachdenklich, »daß ich nichts hörte und sah, bis er ins Wasser geplumpst ist. Ich habe drunten gedöst. Ich kann nur sagen, daß er stromaufwärts von mir heruntergekommen ist, aber es war nicht weit weg – ich würde sagen, irgend jemand hat ihn in der Deckung des Schleusentors ins Wasser geworfen.«

»Ein enger, dunkler Ort ist das«, sagte der Sergeant.

»Und von dort kann man beobachten, wer oben auf dem Weg vorbeikommt. Es dämmerte bereits, war aber noch nicht ganz dunkel... Nun, vielleicht kann er Euch selbst etwas sagen, wenn er wieder zu sich kommt – vielleicht hat er den Mann, der es getan hat, gesehen.«

Der Sergeant setzte sich resigniert hin, um abzuwarten, bis Master William sich rührte, was er aber allem Anschein nach fürs erste nicht tun würde. Cadfael hatte die Wunde gesäubert und verbunden und eine Kräutersalbe darübergerieben. Der Verwalter lag mit geschlossenen Augen und eingefallenem Gesicht auf dem Krankenbett und schnarchte mit schmerzverzerrtem, offenem Mund. Madog verlangte seinen Mantel zurück, der inzwischen am Feuer getrocknet war, und schlüpfte erfreut in das warme Kleidungsstück. »Wollen wir hoffen, daß niemand den Augenblick für günstig hielt, meinen Fisch zu stehlen, während ich nicht dabei war.« Er hatte seinen Lachs mit ein paar feuchten Grasbüscheln bedeckt und unter dem umgedrehten Boot versteckt. »Ich wünsche Euch eine gute Nacht, Brüder, und möge Euer kranker Mann bald wieder gesund werden – und möge auch sein Geldbeutel gefunden werden, obwohl ich das bezweifle.«

In der Tür der Krankenstation drehte er sich noch einmal um und sagte: »Hier draußen auf der Türschwelle wartet noch ein junger frierender Patient auf ein Wort. Er fragt, ob er nicht hereinkommen und seinen Herrn sehen kann. Ich habe ihm gesagt, daß der Mann wahrscheinlich alt und grau sterben und vom heutigen Tag nicht mehr davontragen wird als eine Delle im Kopf, und daß der Junge am besten ins Bett gehen soll. Oder wollt Ihr, daß er hereinkommt?«

Cadfael ging zu ihm hinaus, um den unzeitig gekommenen Besucher fortzuscheuchen. Jacob von Bouldon saß bleich und besorgt auf der Treppe, die Arme eng um die angezogenen Knie geschlungen, um sich vor der Kälte zu schützen. Er blickte hoffnungsvoll auf, als sie zu ihm kamen, und öffnete den Mund, um seine Wünsche vorzutragen. Madog klopfte ihm freundschaftlich auf die Schulter, als er vorbeiging, und setzte sich in Richtung Torhaus in Bewegung. Eine breite, vierschrötige Gestalt war er, braun und faltig wie der Stamm einer Eiche.

»Ihr wärmt Euch jetzt am besten auf«, sagte Bruder Cadfael nicht unfreundlich. »Master William wird sich bald erholen, aber es dürfte noch eine Weile dauern, bis er wieder zu sich kommt, und es ist sinnlos, wenn Ihr Euch hier auf dem kalten Stein den Tod holt.«

»Ich kann einfach keine Ruhe finden«, sagte Jacob. »Ich habe ihn gefragt und gebeten, ob ich nicht mit ihm gehen darf, weil es doch besser wäre, wenn jemand bei ihm ist. Aber er sagte, das sei eine Dummheit, weil er schon so viele Jahre die Pacht für die Abtei einsammelt und noch nie einen Wächter gebraucht hätte. Und jetzt seht, was passiert ist… Ob ich nicht hineingehen und bei ihm wachen darf? Ich würde auch bestimmt kein Geräusch machen und ihn nicht stören… hat er noch nichts gesagt?«

»Nein, und er wird in den nächsten Stunden auch nichts sagen, und selbst wenn er spricht, bezweifle ich, ob er uns etwas Sinnvolles verraten kann. Ich bleibe bei ihm, falls er mich braucht, und Bruder Edmund hält sich bereit und kann gerufen werden. Je weniger bei ihm sind, desto besser für ihn.«

»Ich werde trotzdem noch eine kleine Weile warten«, sagte Jacob, der sich immer noch nicht beruhigen wollte. Er umklammerte seine Knie fester.

Nun, dann sollte er tun, was er unbedingt tun wollte. Krämpfe und die Kälte würden ihn rasch zur Vernunft bringen und ihn lehren, geduldig zu sein. Cadfael kehrte zu seiner Nachtwache zurück und schloß die Tür hinter sich. Jedenfalls war es nicht übel, endlich einmal einen Burschen zu sehen, dessen Ergebenheit Master Williams Ansichten über die jüngere Generation Lügen strafte.

Noch vor Mitternacht stellte sich ein weiterer Besucher ein. Der Pförtner öffnete leise die Tür und erklärte flüsternd, daß Master Williams Sohn gekommen sei, sich nach seinem Vater erkundigt und gebeten habe, ihn sehen zu dürfen. Da der Sergeant, als klar wurde, daß vor dem Morgen nichts weiter geschehen würde, gegangen war und sich erboten hatte, Frau Rede zu berichten, daß ihr Mann lebte, gut versorgt war und sich bald erholen würde, hätte Cadfael eigentlich hinausgehen und dem jungen Mann sagen können, daß er lieber nach Hause gehen und sich um seine Mutter kümmern sollte, als die Zeit hier zu verschwenden. Aber der junge Mann hatte dies verhindert, indem er dem Boten leise und entschlossen auf den Fersen gefolgt war. Ein groß gewachsener Krauskopf mit dunklen Augen war er, im Augenblick ein wenig gebeugt und grimmig, aber gewiß einer, der sich sehr leise bewegen konnte und der seine Stimme zu dämpfen wußte, wenn es nötig war. Sein Blick war keinesfalls zärtlich oder mitfühlend. Sofort sah er zu der Gestalt auf dem Bett, zur verschwitzten Stirn und dem Brustkorb, der sich inzwischen nicht mehr ganz so mühsam hob und senkte. Er brütete einen Augenblick, starrte seinen Vater an und flüsterte schließlich ruhig und ohne weitere Frage oder Erklärung: »Ich bleibe hier.« Und sogleich saß er, trotzig ins Leere starrend, am Kopfende des Krankenlagers seines Vaters, die langen, kräftigen Hände fest zwischen die Knie gesteckt.

Der Pförtner suchte Cadfaels Blick, hob resigniert die Schultern und zog still von dannen. Cadfael setzte sich auf die andere Seite des Betts und dachte über die beiden nach, über Vater und Sohn. Beider Gesichter wirkten ähnlich distanziert, mißbilligend und sogar feindselig, aber nun waren sie hier, vereint und still und dicht beieinander.

Der junge Mann hatte nach langem Schweigen nur zwei Fragen gestellt. Die erste, die er fast widerwillig herausbrachte, lautete: »Wird er wieder gesund werden?« Cadfael, der den inzwischen ruhig gehenden Atem und die ins Gesicht zurückkehrende Farbe sah, sagte einfach: »Ja. Gebt ihm nur etwas Zeit.« Die zweite Frage war: »Hat er schon etwas gesagt?«

»Noch nicht«, erwiderte Cadfael.

Und dann fragte er sich, welche der beiden Fragen dem Jungen wohl die wichtigere war. In diesem Augenblick mußte es irgendwo einen Mann geben, der sehr ängstlich wartete, was William Rede wohl zu sagen hätte, wenn er wieder zu sich kam.

Der junge Eddi Rede – nach dem Beichtvater Edward benannt, wie Cadfael sich erinnerte – saß die ganze Nacht fast reglos und brütend am Bett seines Vaters. Die meiste Zeit, oder jedenfalls immer, wenn er seinerseits beobachtet wurde, machte er ein finsteres Gesicht.

Eine ganze Weile vor der Prim erschien der Sergeant, um die Wache zu übernehmen, und auch Jacob lungerte unglücklich vor der Tür herum und steckte besorgt den Kopf hinein, wann immer sie geöffnet wurde. Er wagte es nicht, ohne Aufforderung ganz hineinzutreten. Der Sergeant beäugte Eddi mit hartem, unnachgiebigem Blick, sagte aber kein Wort, um den verletzten Mann, der im Schlaf Stärkung fand, nicht zu stören. Es war schon nach sieben Uhr, als Master William sich endlich regte, trübe Augen aufschlug und ein paar kleine Geräusche machte, die aber noch keine erkennbaren Worte waren. Er versuchte schwach, eine Hand zum Kopf zu heben und zuckte zusammen, als ihm bei der Bewegung ein scharfer Schmerz durch den Körper fuhr. Der Sergeant beugte sich vor, aber Cadfael legte ihm eine Hand auf den Arm und hielt ihn zurück.

»Laßt ihm Zeit! Ein Schlag auf den Kopf wie der, den er bekommen hat, dürfte seinen Verstand einigermaßen durcheinandergebracht haben. Wir müssen ihm möglicherweise einiges erklären, ehe er uns etwas sagen kann.« Und zum verwunderten Patienten sagte er leise: »Ihr kennt mich doch – Cadfael bin ich. Edmund wird nach der Prim kommen und mich ablösen. Ihr seid in seiner Obhut und liegt in der Krankenstation, und Ihr habt das Schlimmste hinter Euch. Macht Euch keine Sorgen, bleibt still liegen, und laßt uns nur machen. Ihr habt einen mächtigen Hieb auf den Schädel bekommen und ein Bad im Fluß genommen, aber das ist überstanden, und Gott sei Dank seid Ihr jetzt in Sicherheit.«

Endlich fand die tastende Hand ihr Ziel.

Master William stöhnte und machte ein ebenso empörtes wie überraschtes Gesicht. Sein Blick wurde klarer und schärfer, auch wenn seine Stimme immer noch schwach war, während er klagend seine zurückkehrenden Erinnerungen beschrieb: »Er ging von hinten auf mich los... Jemand... kam aus einem offenen Hoftor... Das ist das letzte, was ich weiß.« Plötzlich fiel ihm etwas ein. Er stieß einen gequälten Ruf aus und versuchte, sich von seinem Lager hochzudrücken, gab aber sofort auf, als ihn erneut der Schmerz durchfuhr. »Die Pachteinnahmen – die Miete für die Abtei!«

»Euer Leben ist mehr wert als das Geld für die Abtei«, beruhigte Cadfael ihn, »und auch das mag sich wieder einfinden.«

»Der Mann, der Euch niedergestreckt hat«, schaltete sich der Sergeant ein, indem er sich näher beugte, »hat Eure Tasche mit einem Messer losgeschnitten und ist damit geflohen. Aber wenn Ihr uns helft, können wir ihn vielleicht aufspüren. Wo genau hat er Euch niedergeschlagen?«

»Keine hundert Schritte von meinem eigenen Haus entfernt«, klagte William bitter. »Ich ging heim, als ich fertig war, um meine

Schriftrollen zu überprüfen und alles zu verriegeln, und dann…« Er verzog grimmig den Mund, als ihm bewußt wurde, was er schon die ganze Zeit verschwommen bemerkt hatte. Er richtete den Blick auf den schweigsamen, mürrischen jungen Mann, der neben ihm saß, und ließ ihn dort ruhen, bis er völlig klar sehen konnte. Die Blicke, die hin und her gingen, hatten viel zu sagen und verrieten lange Übung. »Was tust du hier?« verlangte er zu wissen.

»Ich warte darauf, daß es Euch besser geht, so daß ich meiner Mutter eine entsprechende Nachricht überbringen kann«, erwiderte Eddi knapp. Er sah dem Sergeant trotzig ins Gesicht. »Er ist nach Hause gekommen, um mir die Leviten zu lesen. Er sagte, die Strafe, die ich in zwei Tagen zahlen muß, sei jetzt meine Sache und nicht seine, und wenn ich das Geld nicht selbst aufbringen könnte, müßte ich eben ins Gefängnis gehen und in anderer Münze zahlen. Oder vielleicht«, räumte er widerwillig ein, »wollte er mich auch verprügeln und dann meine Schulden bezahlen, wie er es schon mehr als einmal getan hat. Aber ich war nicht in der Stimmung, ihm zuzuhören, und er war nicht in der Stimmung, sich verspotten zu lassen, und so stürmte ich hinaus und ging zum Schießplatz, und dort habe ich die Hälfte von dem, was ich verloren hatte, wieder zurückgewonnen.«

»Dann habt Ihr Euch also heftig gestritten«, sagte der Sergeant, indem er mißtrauisch die Augen zusammenkniff. »Und nicht lange danach seid Ihr, Master, hinausgegangen, um Eure Pacht nach Hause zu bringen. Auf dem Weg hat man Euch überfallen, beraubt und als vermeintlich tot zurückgelassen. Und jetzt habt Ihr, Junge, die Hälfte von dem, was Ihr braucht, um nicht ins Gefängnis zu müssen.«

Cadfael, der Vater und Sohn beobachtete, bemerkte, daß es Eddi bis zu diesem Augenblick nicht im Traum eingefallen war, daß er selbst in Verdacht geraten könnte, die günstige Gelegenheit für den Überfall ausgenutzt zu haben. Und auch Master William schien keinen Moment daran gedacht zu haben, daß ein vernünftiger Mann auf solch eine Idee kommen konnte. Er sah seinen Sohn aus keinem anderen Grund als aus Gewohnheit und wegen seiner Kopfschmerzen finster an.

»Warum kümmerst du dich nicht daheim um deine Mutter?« drängte er vorwurfsvoll.

»Das werde ich tun, da ich nun gehört und gesehen habe, daß Ihr wieder mehr oder weniger der Alte seid. Mutter ist in guten Händen, denn Cousine Alice ist bei ihr. Aber sie wird sicher erfreut sein zu hören, daß Ihr immer noch der alte streitsüchtige Quälgeist seid und uns wohl noch zwanzig Jahre plagen werdet. Ich gehe jetzt«, sagte Eddi zornig, »wenn man mich läßt. Aber der Sergeant will wohl Eure Aussage hören, ehe er Euch in Ruhe läßt. Bringt es besser hinter Euch.«

Master William fügte sich müde ins Unvermeidliche und massierte seine Augenbrauen, als könnte das seinem Erinnerungsvermögen helfen. »Ich bin aus dem Haus gekommen und oberhalb des Schleusentors durch die Gasse zur St. Mary's Church gegangen. Die Hoftüre des Tuchmachers stand offen, das weiß ich noch… ich bin daran vorbeigegangen, aber ich habe keinen Schritt hinter mir gehört. Es war, als wäre plötzlich die Mauer über mir zusammengebrochen! Ich kann mich an nichts danach erinnern, nur daß es plötzlich kalt, grabeskalt wurde ... Wer hat mich eigentlich hergebracht, so daß ich jetzt hier im Warmen liege?«

Sie sagten es ihm, und er schüttelte hilflos den Kopf, weil er die große Leere darin nicht ausfüllen konnte.

»Glaubt Ihr, der Bursche hat hinter der Hoftür gewartet und auf der Lauer gelegen?«

»Das scheint so.«

»Und Ihr habt überhaupt nichts sehen können? Hattet keine Zeit mehr, den Kopf zu drehen? Ihr könnt uns nichts verraten, um ihn aufzuspüren? Nicht einmal ahnen, wie groß er war? Sein Alter nennen?«

Nichts. Nur dies: Es hatte zeitig zu dämmern begonnen, seine Schritte das einzige Geräusch, zwischen den hohen Gartenmauern kein Mensch zu sehen, stille Höfe und Lagerhäuser ringsum bis hinunter zum Fluß, und plötzlich ein heftiger Schlag aufs Haupt, und es wurde dunkel um ihn. Er wurde jetzt wieder müde, aber sein Kopf war völlig klar. Mehr würde man aus ihm nicht herausbringen.

Bruder Edmund kam herbei, beäugte seinen Patienten und wies den Besuchern mit einem stummen Nicken die Tür, auf daß sie ihn in Frieden ließen. Eddi küßte die schlaffe Hand seines Vaters, aber so unwirsch, als hätte er am liebsten hineingebissen, und marschierte zur Tür, um dann blinzelnd in den sonnenüberfluteten großen Hof zu treten. Mit grimmigem und trotzig verkniffenem Gesicht wartete er darauf, daß der Sergeant ihn entließ.

»Ich habe ihn, wie ich Euch schon sagte, stehengelassen und bin zum Schießplatz gegangen. Ich habe dort gewettet und gut geschossen und gewonnen. Wahrscheinlich wollt Ihr Namen von mir hören. Ich kann sie Euch nennen. Und im übrigen fehlt mir immer noch die Hälfte von dem, was ich an Strafe zahlen muß. Ich habe von dem Unglück erst erfahren, als ich heimkam, und das war spät, nachdem Euer Bote dort gewesen war. Kann ich jetzt nach Hause gehen? Ich stehe zu Eurer Verfügung.«

»Ihr könnt.« Der Sergeant erlaubte es ihm so bereitwillig, daß sofort klar wurde, daß der junge Mann weder auf dem Weg noch bei seiner Ankunft unbeobachtet bleiben würde. »Und dort haltet Ihr Euch auf, denn

ich werde noch mehr von Euch erfragen müssen als bloß ein paar Namen. Ich werde jetzt anhören, was die Laienbrüder zu sagen wissen, die gestern abend in der Gaye gearbeitet haben, aber ich werde nicht lange nach Euch wieder in der Stadt sein.«

Die Arbeiter hatten sich schon im Hof versammelt, um für verschiedene Aufgaben eingeteilt zu werden. Der Sergeant begab sich zu ihnen, um die richtigen Männer zu finden, und ließ Eddi zurück, der ihm finster nachsah. Cadfael beobachtete nicht ohne Anteilnahme, wie sich die besorgten Gedanken des Sohnes in dessen dunklem, jungem Gesicht abzeichneten. Der Bursche hätte nicht übel aussehen können, wenn sein Antlitz etwas heller und freundlicher dreingeschaut hätte. Aber dazu hatte er im Augenblick wahrhaftig kaum Anlaß.

»Und er wird wieder ganz und gar gesund werden?« fragte er plötzlich, während er seine dunklen Augen auf Cadfael richtete.

»So gesund und kräftig, wie er es vorher war.«

»Und Ihr werdet gut auf ihn achtgeben?«

»Das werden wir«, bestätigte Cadfael einfach, »auch wenn er ein streitsüchtiger Quälgeist und eine Landplage ist.«

»Ich glaube, von Euch hier wird niemand Grund haben, ihn so zu nennen«, fauchte der junge Mann plötzlich aufgebracht. »Er hat der Abtei all die Jahre treu und zuverlässig gedient, und man ist ihm hier etwas Besseres schuldig als üble Nachrede.« Damit drehte er sich um und marschierte über den großen Hof davon. Cadfael sah ihm nachdenklich und mit einem kleinen Lächeln nach.

Er bemühte sich, das Lächeln zu unterdrücken, bevor er sich wieder an Master William wandte, der nicht unbedingt bereit schien, sich selbst, seinen Sohn und seine Sorgen auf die leichte Schulter zu nehmen. Er lag da und versuchte, mit Blinzeln und Stirnrunzeln seine Kopfschmerzen zu vertreiben. Er schien wütend und schimpfte mit drohendem Unterton über seinen Sprößling.

»Da seht Ihr, was ich zu leiden habe, wo er doch eigentlich daheim Trost und Beistand spenden sollte. Ein wilder ungezogener Taugenichts, und obendrein noch frech…«

»In der Tat«, stimmte Cadfael mitfühlend, aber mit versteinertem Gesicht zu. »Kein Wunder, daß Ihr ihn für seine Narrheiten ins Gefängnis gehen laßt. Das kann man Euch nicht verdenken.«

Das brachte Cadfael den nächsten wütenden Blick ein. »Das werde ich mitnichten tun!« schnappte Master William scharf. »Der Junge ist nicht schlimmer, als Ihr oder ich in seinem Alter waren, das ist mal sicher. An ihm ist nichts verkehrt, was die Zeit nicht in Ordnung bringen kann.«

Es schien, als hätte Master Williams Unglück vom Chorgestühl bis zum Gästehaus jegliche Heiterkeit aus der Abtei gefegt. Die Nachfragen kamen oft und hartnäckig. Der junge Jacob hüpfte seit dem Morgengrauen vor der Krankenstation herum und konnte sich nicht einmal für die Pflichten losreißen, die er seinem verletzten Herrn eigentlich schuldig war, bis Cadfael sich endlich des ängstlichen Burschen erbarmte und ihm erklärte, daß es nicht nötig sei, sich solche Sorgen zu machen, weil das Schlimmste vorbei sei und Master William wieder auf die Beine kommen werde.

»Seid Ihr sicher, Bruder? Hat er seine Sinne zurückgewonnen? Hat er gesprochen? Sein Verstand ist klar?«

Geduldig wiederholte Cadfael seine beruhigenden Worte.

»Aber die Untat! Konnte er den Männern des Sheriffs helfen? Hat er den Angreifer gesehen? Hat er irgendeine Ahnung, wer es gewesen ist?«

»Nein, das nicht. Er hat überhaupt nichts gesehen. Er wurde von hinten niedergeschlagen, und er wußte von überhaupt nichts, bis er heute morgen in der Krankenstation zu sich gekommen ist. Ich fürchte, er wird den Gesetzeshütern nicht helfen können. Aber das war auch nicht zu erwarten.«

»Aber er wird doch wieder gesund werden und auf die Beine kommen?«

»Er wird so kräftig sein wie eh und je und es noch lange bleiben.«

»Gott sei Dank, Bruder!« sagte Jacob inbrünstig und ging zufrieden davon, um sich um seine Bücher zu kümmern. Denn selbst wenn die Pachteinnahmen aus der Stadt verloren waren, gab es für das, was geblieben war, noch einiges an Schreibarbeit zu tun.

Cadfael war überrascht, als er auf dem Weg ins Dormitorium von Warin Harefoot, dem fliegenden Händler, aufgehalten wurde, der sich höflich nach dem Befinden des Verwalters erkundigte. Warin zeigte natürlich keineswegs die Aufgeregtheit eines bevorzugten Untergebenen wie Jacob, sondern vielmehr das aufrichtige Mitgefühl eines bescheidenen Gastes im Hause und die Empörung des gesetzestreuen Bürgers, der den Wunsch hatte, daß die Gerechtigkeit den Missetäter ereilen möge. Ob der Herr fähig gewesen sei, das Gesicht zu erkennen oder sogar den Namen seines Angreifers zu nennen? Eine Schande! Aber dennoch, so hoffte er, werde man Gerechtigkeit üben können. Und ob – falls irgend jemand so glücklich wäre, die fehlende Tasche samt Schatz aufzuspüren – ob es eine Belohnung geben würde? Für einen aufrichtigen Mann, der das Geld fand, dachte Cadfael, könnte es wohl eine Anerkennung geben. Seinen schweren Pakken geschultert, ging Warin schließlich hinaus, um in Shrewsbury seine Waren zu verkaufen. Aus irgendeinem Grund kam Cadfael der Gang des Mannes, dem er nachsah, zielstrebig und beschwingt vor.

Aber der seltsamste und beunruhigendste Besucher stellte überhaupt keine Frage, sondern kam schweigend herein, als Cadfael dem Patienten am frühen Nachmittag einen kurzen Besuch abstattete, nachdem er einen Teil seines verlorenen Schlafes nachgeholt hatte. Bruder Eutropius stand reglos und angespannt am Fußende des Bettes, in dem der Verwalter lag, und starrte aus großen, tiefliegenden Augen, die in einem Gesicht saßen, das starr war wie eine steinerne Maske, auf den Verletzten hinunter. Er verschwendete keinen Blick auf Cadfael. Er betrachtete nur den schlafenden Mann, der jetzt ruhig und friedlich mit verbundenem Kopf im Bett lag, den Mann, der aus dem Fluß und aus dem Grab zurückgekehrt war. Er blieb lange Zeit dort stehen, und seine Lippen sprachen ein unhörbares Gebet. Plötzlich durchlief ihn ein Schauder, und als wäre er aus einer Trance erwacht, bekreuzigte er sich und ging so still hinaus, wie er gekommen war.

Cadfael war über das Verhalten und das verschlossene Gesicht des Bruders so besorgt, daß er ihm, nicht weniger leise, nach draußen folgte und ihn aus einiger Entfernung durch den Kreuzgang in die Kirche treten sah.

Bruder Eutropius kniete vor dem Hochaltar, das marmorne Gesicht über den gefalteten Händen nach oben gerichtet. Er hatte die Augen geschlossen, aber auf den dunklen Wimpern funkelte etwas. Ein gutaussehender, gepeinigter Mann von dreißig Jahren mit starkem Körper und grimmig verbissenem Herzen, dessen Lippen sich lautlos im Gebet bewegten: »*Mea culpa… maxima mea culpa…*«, konnte Cadfael im Licht des Altars von den Lippen ablesen.

Cadfael hätte gern die Distanz und das Eis zwischen ihnen überwunden, aber es war nicht der richtige Augenblick. Leise entfernte er sich wieder und überließ Bruder Eutropius seiner aufgewühlten Einsamkeit, denn was ihm auch zugestoßen war, die Hülle hatte einen Sprung bekommen und löste sich auf, und er würde sie nie wieder so zusammensetzen können, wie sie einmal war.

Cadfael ging vor der Vesper in die Stadt, um Frau Rede zu besuchen und ihr zu berichten, daß ihr Mann sich rasch erholte.

Zufällig traf er am High Cross den Sergeant und blieb einen Augenblick stehen, um Neuigkeiten mit ihm auszutauschen. Man hatte als routinemäßige Vorsichtsmaßnahme ein paar stadtbekannte Gauner aus Shrewsbury festgenommen und aufgefordert, über ihre Bewegungen am vergangenen Tag Rechenschaft abzulegen, aber dabei war nichts herausgekommen. Eddis Kumpane vom Schießplatz unter der Stadtmauer hatten bereitwillig seine Geschichte bestätigt, aber da sie seit ihrer Kindheit Freunde waren, hatte das nicht viel zu bedeuten. Die einzige Neuigkeit war, daß man die genaue Stelle des Angriffs ohne jeden Zweifel hatte feststellen können. Die Tat war im Durchgang über dem Schleusentor geschehen, denn dort hatte man eine Lederschlinge, die von Master Williams Tasche stammte, sauber abgeschnitten gefunden, nachdem sie der Dieb in seiner Eile im trüben Licht unter den hohen Mauern liegengelassen hatte.

»Direkt unterhalb des Hofs der Tuchmacherei. Die Mauern sind dort zehn Fuß hoch, der Weg darunter sehr schmal. Dort ist keine Stelle, von der aus man den Weg überblicken könnte. Da werden wir bestimmt keinen Augenzeugen finden. Der Räuber hat den Ort gut gewählt.«

»Ah, aber dann gibt es eben *doch* eine Stelle, von der aus man die Tat hätte beobachten können«, sagte Cadfael erleichtert. »Der Speicher über dem Wagenhaus und über der Scheune hat eine Luke, die oberhalb und dicht hinter der Mauer liegt. Und der Tuchmacher Roger Clothier läßt Rhodri Fychan dort oben schlafen – den alten Waliser, der immer vor der St. Mary's Church bettelt. Zu jener Abendstunde kann er schon droben im Heu gewesen sein, und an warmen Abenden sitzt er oft in der offenen Luke. Und ob er um diese Zeit noch nicht zu Hause war, wer kann das schon sicher sagen? Es reicht, daß er dort gewesen sein *könnte*...«

Er hatte mit seiner Einschätzung des Sergeants recht gehabt. Der Mann war neu hier und kannte sich in Shrewsbury noch nicht besonders gut aus. Er hatte Madog mit dem Totenboot nicht gekannt, und er kannte auch Rhodri Fychan nicht. Es war reiner Zufall, daß diese Angelegenheit in die Hände dieses Mannes gelegt worden war und vielleicht war es nicht einmal ein unglücklicher Zufall.

»Ihr habt mich auf eine Idee gebracht«, sagte Cadfael, »die uns vielleicht ein Stück weiterhilft. Nicht, daß der alte Mann ein Risiko eingehen sollte, aber das wird auch nicht nötig sein. Hört zu. Wir könnten, wenn Ihr einverstanden seid, einen Köder auslegen und eine Falle stellen. Wenn wir Erfolg haben, bekommt Ihr Euren Mann vielleicht. Wenn es schiefgeht, werden wir nichts verlieren. Aber wir müssen heimlich vorgehen – keine öffentliche Erklärung. Überlaßt den Köder mir. Wollt Ihr es versuchen? Wenn wir den Fisch an die Angel bekommen, sollt Ihr Euch damit rühmen dürfen, und es wird Euch nicht mehr gekostet haben als eine durchwachte Nacht.«

Der Sergeant starrte ins Leere und schien bereits Lob und Beförderung zu riechen, aber er war immer noch auf der Hut.

»Was habt Ihr denn im Sinn?«

»Angenommen, Ihr hättet selbst die Tat begangen, hier zwischen den hohen Mauern. Angenommen, Ihr hört plötzlich, daß dort droben jeden Abend ein alter Mann schläft, der möglicherweise zugegen war, als Ihr zugeschlagen habt. Und angenommen, Ihr würdet außerdem erfahren, daß der alte Bettler noch nicht verhört worden ist… daß er aber möglicherweise morgen befragt werden soll.«

»Bruder«, sagte der Sergeant, »das klingt gut. Erklärt weiter.«

Wenn die Falle funktionieren und niemand als den Schuldigen erwischen sollte, blieben danach noch zwei Dinge zu tun. Cadfael brauchte sich keine Sorgen zu machen, daß er womöglich nicht die Erlaubnis bekommen würde, über Nacht auszubleiben. Zumal er sich, wenn er sie nicht bekam, auf oft begangenen, wenn auch streng mißbilligten Wegen so oder so davonstehlen würde. Allerdings hatte er Vertrauen zu Abt Radulfus, der bisher umgekehrt auch immer ihm vertraut hatte. Gerechtigkeit ist eine erlaubte Leidenschaft, und die Gerechten respektieren sie. Unterdessen ging Cadfael zum Kirchhof von St. Mary's hinauf, um den alten Bettler zu suchen, der an einem bevorzugten Ehrenplatz neben dem Westtor saß.

Rhodri der Jüngere – der Vater war wie

der Sohn ein geachteter Bettler gewesen –
erkannte Cadfaels Schritte und wandte sein
runzliges, pockennarbiges Gesicht, das
braun war wie Erde, lächelnd dem Mönch
zu.

»Bruder Cadfael, schön Euch zu sehen.
Was gibt es Neues bei Euch?«

Cadfael setzte sich neben ihn und ließ
sich Zeit. »Ihr habt doch von dem Verbrechen gehört, das gestern abend direkt unter
Eurer Schlafkammer begangen wurde?
Wart Ihr gestern abend dort?«

»Nicht, als es geschehen ist«, sagte der
alte Mann, während er sich nachdenklich
am Kopf kratzte. »Ich wüßte auch sonst
keinen, der um diese Zeit dort gewesen
wäre. Ich habe noch lange gebettelt, weil es
ein so milder Abend war. Die Vesper war
schon eine Weile vorbei, als ich nach Hause
kam.«

»Das spielt keine Rolle«, sagte Cadfael.
»Hört zu, mein Freund. Ich will mir heute
abend Euer Nest ausborgen, und Ihr dürft
woanders nächtigen, falls Ihr mir helfen
wollt ...«

»Ein Waliser«, sagte der alte Mann
freundlich, »kann von mir alles verlangen,

was ich habe. Ihr müßt es nur sagen.« Aber als die Geschichte erzählt war, schüttelte er energisch den Kopf. »Es gibt da noch einen inneren Heuboden. Wenn es im Winter sehr kalt wird, ziehe ich mich dorthin zurück, um aus der kalten Zugluft herauszukommen. Warum sollte ich nicht zugegen sein? Dazwischen ist sogar eine Tür, und dort ist genug Raum für Euch und noch ein paar andere. Und ich wäre wirklich gern zugegen, Bruder Cadfael, ich wäre zu gern dabei, wenn der Verbrecher gefaßt wird.«

Er beugte sich vor, um mit seiner Bettlerschale zu klappern, als eine fromme Dame vorbeikam, die zum Gebet in die Kirche wollte. Geschäft war Geschäft, und um die Schale, die er besaß, wurde er von allen Bettlern in Shrewsbury beneidet. Er segnete die Spenderin und streckte verspätet eine Hand zu Cadfael aus, der sich erhoben hatte und sich verabschieden wollte.

»Bruder, da ist noch eine Sache, die Euch vielleicht helfen kann, wer weiß! Man sagt, daß gestern abend, ungefähr als Madog Will aus dem Wasser fischte, einer Eurer Mönche unter der Brücke war. Man erzählt, er hätte dort lange Zeit unter dem

Gemäuer gestanden wie ein Mann, der einen Traum hat, aber keinen guten. Es war einer, den man kaum kennt, ein Mann im besten Alter mit dunklem Gesicht, einsam...«

»Richtig, er ist zu spät zur Vesper gekommen«, sagte Cadfael, sich erinnernd.

»Ihr wißt ja, ich kenne einige, die mir aus keiner bösen Absicht dieses und jenes erzählen. Wenn ein Mann still dasitzt, muß die Welt eben zu ihm kommen. Sie haben mir erzählt, dieser Bruder sei bis über die Sandalen ins Wasser gegangen und wäre noch weiter hineingegangen, aber in diesem Augenblick hätte Madog mit dem Totenboot gerufen, daß er einen Ertrunkenen an Bord hätte. Und daraufhin hat sich der seltsame Mönch wieder aus dem Wasser zurückgezogen und ist vor seinem Teufel geflohen. So wird es erzählt. Bedeutet das etwas für Euch?«

»Ja«, sagte Cadfael langsam, »Ja. Das bedeutet eine Menge für mich.«

Nachdem Cadfael der kleinen, beweglichen Frau des Verwalters, die irgendwie an einen Vogel erinnerte, versichert hatte, daß sie ihren Mann in ein oder zwei Tagen so gut wie neu zurückbekommen würde, zog er Eddi mit sich in den Hof hinaus und erzählte ihm alles, was er an Neuigkeiten aufgeschnappt hatte.

»Und jetzt will ich in ein paar Ohren ein leises Wort flüstern, damit es irgendwo irgend jemand heftig zu zwicken beginnt. Aber nicht zu früh, denn sonst könnten auch des Sheriffs Männer davon erfahren und abermals auf die Jagd gehen. Nein, als allerletztes am Abend, wenn meine Mitbrüder ihren Frieden mit dem Tag machen, kurz bevor sie zu Bett gehen, werde ich daran erinnern, daß es einen Ort gibt, von dem aus man die Gasse überblicken kann, und daß dort oben das ganze Jahr über ein Mann schläft, der möglicherweise etwas zu erzählen hat. Gleich morgen früh, werde ich sagen, will ich dem Sheriff eine Botschaft schicken, daß er sich um die Sache kümmert. Wer auch immer einen Augenzeugen zu fürchten hat, wird nur diese eine Nacht haben, um zu handeln.«

Der junge Mann beäugte ihn zweifelnd, aber in seinen Augen funkelte etwas. »Da ihr nun kaum noch erwarten könnt, daß Ihr *mich* in dieser Falle fangt, Bruder, nehme ich an, daß Ihr für mich eine andere Aufgabe habt.«

»Es geht um Euren Vater. Wenn Ihr wollt, könnt Ihr als Zeuge im hinteren Teil des Heubodens zugegen sein. Aber bedenkt, daß ich nicht weiß – niemand kann es genau wissen –, ob der Köder überhaupt einen Mann anlocken wird.«

»Und wenn nicht«, sagte Eddi mit schiefem Grinsen, »wenn keiner kommt, dann muß ich damit rechnen, daß ich die Häscher auf den Fersen habe.«

»Richtig! Aber wenn wir Erfolg haben...«

Er nickte grimmig. »So oder so, ich habe nichts zu verlieren. Aber hört, eine Bedingung müßt Ihr mir erfüllen, denn sonst werde ich Eure Falle verraten, bevor der Augenblick gekommen ist. Nicht ich werde hinten im Heuboden mit Rhodri Fychan und Eurem Sergeant warten. *Ihr* werdet dort sein. Ich werde der Schläfer im Stroh sein und auf den Mörder warten. Wie Ihr ganz richtig sagtet, Bruder, geht es um *meinen* Vater. Um meinen, nicht um Euren!«

Das hatte Bruder Cadfael zwar nicht geplant, aber im Grunde war er nicht sehr überrascht. Nein, wenn man das junge Gesicht sah und den Tonfall der leisen Stimme hörte, war nicht anzunehmen, daß Widerspruch etwas ausrichten konnte. Er versuchte es trotzdem.

»Sohn, gerade weil es Euer Vater ist, solltet Ihr es Euch anders überlegen. Er braucht Euch. Ein Mann, der einmal zu töten versucht hat, wird dieses Mal sichergehen wollen. Er wird ein Messer dabeihaben – wenn er kommt. Und Ihr, so scharf Eure Ohren auch sind und so tapfer Euer Herz, Ihr seid immer noch im Nachteil, wenn Ihr in gespieltem Schlaf dort liegen müßt...«

»Und sind Eure Sinne etwa schärfer als meine, sind Eure Sehnen kräftiger und geschmeidiger?« Eddi mußte plötzlich grinsen und klopfte Bruder Cadfael mit einer kräftigen und großen Hand auf den Rükken. »Macht Euch keine Sorgen, Bruder, ich bin gut auf den Mann vorbereitet, der mich angreifen mag. Geht nur und sät Eure Samen aus, und dann wollen wir hoffen, daß sie Früchte tragen. Ich werde bereit sein.«

Wenn ein Raub samt Mordversuch vor gerade einmal anderthalb Tagen geschehen und immer noch das wichtigste Gesprächsthema eines ganzen Ortes ist, dann ist es nicht schwer, auf das Thema zu sprechen zu kommen und in die Spekulationen ein paar ganz besondere Bröckchen einfließen zu lassen, die man weitergetragen haben will. Dies stellte jedenfalls Cadfael fest, als er in der halben Stunde nach der Komplet sein Vorhaben ausführte. Er brauchte nicht einmal von sich aus das Thema zur Sprache zu bringen, denn es wurde über nichts anderes gesprochen. Die einzige kleine Schwierigkeit bestand darin, seinen plötzlichen Einfall jedem Mann jeweils einzeln mitzuteilen. Eine allgemeine öffentliche Erklärung hätte womöglich noch einen Alteingesessenen dazu gebracht, mit den offensichtlichen Mängeln dieser Geschichte herauszuplatzen und das ganze Spiel zu zerstören. Aber auch das machte Cadfael keine große Mühe, denn falls der richtige Mann unter denen war, mit denen er sprach, würde er kein Wort zu irgend jemandem sagen und für den Rest der Nacht viel zuviel zum Nachdenken haben, als daß er sich nach Gesellschaft gesehnt hätte.

Der junge Jacob, der nach stundenlangem fleißigem Schreiben verkrampft und gähnend auftauchte, da er seine Arbeit nur für hastig hinuntergeschlungene Mahlzeiten und einen Pflichtbesuch bei seinem Herrn unterbrochen hatte, saß jetzt am Herd der Krankenstation und nahm Bruder Cadfaels plötzlichen Einfall mit großen Augen und begierig zur Kenntnis. Er bot sich sogar an, trotz der späten Stunde zur Burg zu laufen und die Wachen zu benachrichtigen, aber Cadfael gab zu bedenken, daß die schwer arbeitenden Gesetzeshüter womöglich nicht sehr erbaut waren, wenn ihr Nachtschlaf gestört wurde. Im übrigen könne man vor dem Morgen ja ohnehin nichts unternehmen.

Einem halben Dutzend Gäste, die aus dem Gästehaus kamen, um sich freundlich nach Master Williams Befinden zu erkundigen, tat er seinen Einfall ganz offen als zu berücksichtigende Möglichkeit kund, denn keiner von ihnen stammte aus Shrewsbury und wußte über die Einwohner des Ortes Bescheid. Warin Harefoot war einer dieser sechs und vielleicht sogar derjenige, der die anderen zu diesem Höflichkeitsbesuch veranlaßt hatte. Er gab sich wie immer demütig und beflissen und begrüßte selbstverständlich alles, was der Gerechtigkeit dienen mochte.

Nun blieb nur noch eine geheimnisvolle, gequälte Seele. Sicherlich kein Mörder, nicht einmal ein Selbstmörder, obwohl er allem Anschein nach sehr nahe daran gewesen war. Hätte Madog nicht »Ein ertrunkener Mann!« gerufen, er wäre womöglich in den Strom gewatet und hätte sich davontragen lassen. Es war, als hätte Gott selbst ihn daran hindern wollen, als wäre ein Blitz vom Himmel herabgefahren, da er etwas so Ungeheuerliches ins Auge faßte, und hätte ihn mit einem Feuer, das hell war wie die Hölle, zurückgetrieben. Aber wer so geschlagen und bußfertig in die Welt zurückkehren mußte, der brauchte andere Menschen, die ihm voller Wärme zuhörten, wenn er sich mitteilen wollte.

Noch bevor Cadfael die Tür zur Krankenstation öffnete, um zum letzten Mal für diesen Tag den Patienten zu besuchen, hatte er eine Ahnung, was er drinnen vorfinden würde. Master William und Bruder Eutropius saßen einträchtig zu beiden Seiten des Kamins und führten mit leiser, bedächtiger Stimme ein Gespräch, in dem auch das Schweigen etwas sagte, in dem die Worte nicht mehr auszudrücken vermochten als das Schweigen. Man konnte nicht erkennen, was die beiden verband, aber es war zu sehen, daß dieses Band undurchtrennbar war. Cadfael hätte sich unbemerkt zurückgezogen, aber Bruder Eutropius hatte das leise Quietschen der Türe gehört und stand auf, um sich zu verabschieden.

»Ja, Bruder, ich weiß – ich bin schon zu lange hier. Ich komme.«

Es war Zeit für die Brüder, sich ins Dormitorium und in die Zellen zurückzuziehen und den Schlaf der Gerechten zu schlafen. Eutropius, der an Cadfaels Seite den Klosterhof überquerte, zeigte das Gesicht eines Mannes, der völlig mit sich im reinen ist. Erschöpft war er und immer noch benommen nach dem Blitzschlag der Offenbarung, aber er hatte sein Geständnis abgelegt und seine Absolution bekommen. Er war befreit, aber leer und wußte noch nicht recht, wie er eine Hand zu einem Mitmenschen ausstrecken sollte.

»Bruder, seid Ihr nicht heute nachmittag in die Kirche gekommen? Es tut mir leid, wenn Ihr Euch meinetwegen Sorgen gemacht habt. Ich hatte einer alten Verfehlung abermals ins Antlitz gesehen. Es schien mir, als hätte meine Sünde beinahe einen anderen, einen unschuldigen Mann, ums Leben gebracht. Bruder, im Kopf weiß ich schon lange, daß Verzweiflung eine Todsünde ist. Jetzt weiß ich es auch im Blut und im Herzen.«

Cadfael erwiderte, seine Worte sehr vorsichtig wählend: »Eine Sünde, die tief und ehrlich bereut wird, ist keine Todsünde mehr. Er ist am Leben und Ihr seid es auch. Ihr dürft Euren Fall nicht so extrem sehen, Bruder. Viele Männer sind vor Kummer ins Kloster geflohen, nur um festzustellen, daß der Kummer ihnen dorthin gefolgt ist.«

»Es gab einmal eine Frau ...«, begann Eutropius. Das Sprechen fiel ihm sichtlich schwer, aber seine Stimme war leise und ruhig. »Ich habe bis heute nicht darüber sprechen können. Eine Frau, die mir übel mitgespielt hatte, zu der meine Liebe aber

nicht vergehen wollte. Ohne sie schien mein Leben nichts mehr wert zu sein. Ich weiß es jetzt besser. Die Jahre, die mir noch bleiben, will ich mein Leben auskosten und ohne Klage tragen.«

Cadfael sagte nichts mehr. Wenn es in diesem Geflecht von Schuld und Unschuld einen Mann gab, der heute nacht in seinem Bett ruhig und tief schlafen würde, dann war das Bruder Eutropius.

Cadfael mußte sich ohnehin sputen, um seine Ausgangserlaubnis gut zu nutzen. Er mußte auf dem kürzesten Wege zum Heuboden des Tuchmachers kommen, denn es war schon völlig dunkel, und wenn die Beute den Köder angenommen hatte, dann galt es keine Minute zu verlieren.

Die steile Leiter war angelehnt, wo sie immer stand: unter Rhodris Luke an der Mauer. Im vorderen Teil des Heubodens war es noch nicht völlig dunkel, denn wie immer stand die Luke weit auf und gab den Blick auf ein quadratisches Stück des sternenbesetzten Himmels frei. Die Luft drinnen war frisch, aber warm, und es duftete nach dem Heu und dem Stroh, das seit dem letzten Sommer hier gelagert war. Nach der Winterfütterung war es zwar weniger geworden, gab aber immer noch genug Polsterung für ein bequemes Bett her. Eddi lag ausgestreckt auf der linken Seite mit Blick zu dem Stück Himmel, den rechten Arm vor den Kopf gelegt, damit er verstohlen Ausschau halten konnte.

Im inneren Teil des Heubodens, dessen Tür ein Stück offenstand, damit Geräusche hinüberdringen konnten, saßen Bruder Cadfael, der Sergeant und Rhodri Fychan und hielten Laterne, Feuerstein und Stahl bereit. Sie mußten mehr als eine Stunde warten. Wenn er überhaupt kommen würde, hatte er die kalte Geduld und Selbstbeherrschung zu warten, bis die Nacht und auch der Schlaf am tiefsten waren.

Und er kam, als Cadfael allmählich zu glauben begann, daß der Fisch den Köder verweigert hatte. Es mußte schon zwei Uhr morgens oder sogar noch später sein, als Eddi, der unermüdlich unter seinem schützenden Arm hervorlugte, sah, wie die untere, gerade Linie des Himmelsquadrats durchbrochen wurde. Ein Kopf kam in

Sicht, schwarz vor dunkelstem Dunkelblau, aber immer noch deutlich erkennbar für Augen, die sich längst an die Dunkelheit gewöhnt hatten. Eddi blieb gespannt und still liegen und bemühte sich, lang und gleichmäßig zu atmen wie ein schlafender Mensch, während der Kopf beharrlich höher kam. Dann hielt der Eindringling lange inne. Kopf und Schultern waren jetzt als regloser Umriß in der Luke zu sehen. Er lauschte. Der Umriß eines Mannes verrät weder Alter noch Hautfarbe. Es war nicht mehr als ein Schatten, der einem zwanzig oder auch fünfzig Jahre alten Mann gehören konnte. Man konnte es nicht wissen. Auf jeden Fall aber vermochte er sich bemerkenswert leise zu bewegen.

Er war anscheinend zufrieden. Er hörte den gleichmäßigen Atem, stieg nun mit überraschender Geschwindigkeit die letzten Leitersprossen hinauf und kletterte durch die Luke herein. Sein Körper schirmte das Licht ab. Dann war er wieder still, um sicherzugehen, daß seine Bewegungen den Schläfer nicht gestört hatten. Eddi lauschte mit nicht weniger scharfen Ohren und vernahm das unendlich leise

Schleifen, als Stahl aus der Scheide gezogen wurde. Ein Dolch ist die leiseste aller Waffen, aber auch sie hat eine eigene Stimme. Eddi drehte sich ganz langsam und unter großer Anstrengung herum, um den linken Arm, der unter ihm gelegen hatte, für das Handgemenge freizubekommen.

Der Schatten des Eindringlings, ein sich bewegendes Stück Dunkelheit, mehr zu fühlen als zu sehen, kam näher. Eddi spürte die Wärme, als sich der Körper eines Mannes über ihn beugte, er spürte den Lufthauch der Bewegung auf seiner Kleidung, und er spürte, wie ein Arm und eine Hand ausgestreckt wurden, um behutsam zu ertasten, wie er läge, ihn kaum berührend und fast nur über ihm schwebend. Er hatte genug Zeit zu bemerken, wie sich der Mörder bückte und wo die andere Hand mit dem Messer wartete, während die erste die richtige Stelle für den Stoß suchte. Unter dem Sacktuch, mit dem er zugedeckt war – denn Bettler schlafen nicht in guter Wolle – spannte Eddi sich an, um den Stoß abzufangen.

Als der Mörder sich vor dem Hieb zurückzog, um sein ganzes Gewicht in den

Stoß zu legen, gab sein Körper die Hälfte des Himmelsquadrats wieder frei, und es fing sich sogar ein Lichtfunke auf der herabfahrenden Klinge. Eddi drehte sich rasch auf den Rücken und packte die Hand mit dem Dolch mit seiner Linken am Handgelenk. Er fuhr wütend aus dem Stroh auf, zwang das Messer auf Armeslänge zurück und langte mit der Rechten nach der Kehle seines Gegners. Sie rollten zusammen aus dem Nest aus raschelndem Stroh und polterten kämpfend über den Holzboden, bis sie an den Balken der Außenwand liegenblieben. Der Angreifer hatte einen erschrockenen, gedämpften Schrei ausstoßen können, bevor Eddis Hand ihm an die Kehle gefahren war und ihm die Luft abschnürte. Von Eddi war, außer seinen heftigen Bewegungen, bisher überhaupt nichts zu hören gewesen. Er ließ zu, daß ihn die herumfuchtelnde Linke seines Gegners packte, während er mit beiden Händen versuchte, den Dolch in seinen Besitz zu bringen. Mit aller Kraft knallte er den Ellbogen des Arms, den er festhielt, auf den Boden. Er wurde mit einem erstickten Klagelaut belohnt, und die betäubten Finger öffneten sich und gaben das Messer frei. Eddi setzte sich rittlings auf den Angreifer, der plötzlich schlaff und keuchend unter ihm lag, und hielt die Klinge über das noch namenlose Gesicht.

Im hinteren Speicher war der Sergeant aufgefahren und hatte schon die Hand an die Tür gelegt, aber Cadfael faßte ihn am Ärmel und hielt ihn zurück.

Sie konnten das leidenschaftliche Flüstern deutlich verstehen; aber eine flüsternde Stimme verrät weder Geschlecht noch Alter oder Charakter. »Stich nicht zu – warte, hör mich an!« Er hatte Angst, aber er konnte noch denken, konnte immer noch Pläne schmieden. »Bist du es etwa? Ich kenne dich, ich habe von dir gehört... Du bist sein Sohn! Bring mich nicht um – warum solltest du auch? Ich habe ja nicht mit dir gerechnet – dir wollte ich überhaupt nichts tun...«

Was du über ihn gehört haben magst, dachte Cadfael bei sich, der hinter der Tür stand und die Dose mit dem Zunder schon in der Hand hielt, um im richtigen Augenblick die Lampe zu entfachen, könnte so unzutreffend sein, wie es Gerüchte oft sind.

Es gibt Nebenbedeutungen und Untertöne, die nicht jedes Ohr erfassen kann.

»Bleib still liegen!« sagte Eddi gefährlich ruhig. »Du kannst mir auch im Liegen sagen, was du sagen willst. Und ich kann zuhören, während dieses Spielzeug an deiner Kehle wartet. Sagte ich schon, daß ich dich umbringen will?«

»Aber nein, nicht!« flehte die inbrünstige Stimme atemlos und bebend. Cadfael erkannte sie jetzt. Der Sergeant kannte sie wahrscheinlich nicht, und Rhodri Fychan, der sich vorbeugte und alles mithörte, hatte sie vermutlich auch noch nie vernommen, obwohl seine Ohren scharf genug waren, um selbst die schrillsten Pfiffe der Fledermäuse aufzufangen. »Ich kann dir von Nutzen sein. Du hast deine Strafe nicht bezahlt, und du hast nur noch einen Tag, ehe du ins Gefängnis mußt. Das hat *er* mir gesagt. Was bist du ihm schuldig? Er würde dir ja sowieso nicht helfen. Aber ich kann dafür sorgen, daß du da herauskommst. Hör zu, wenn du zu keiner Menschenseele ein Wort sagst und alles schön für dich behältst, soll dir die Hälfte gehören – die Hälfte von den Pachteinnahmen der Abtei. Ich verspreche es dir.«

Darauf folgte ein entsetztes Schweigen. Wenn Eddi in Versuchung war, dann war es sicher nicht die Versuchung, den Handel anzunehmen, sondern eher die Versuchung, mit dem Messer zuzustoßen. Aber er beherrschte sich, so schwer es ihm auch fiel.

»Mache gemeinsame Sache mit mir«, drängte ihn die Stimme des Angreifers, der angesichts des Schweigens neuen Mut zu schöpfen schien. »Niemand wird es je erfahren. Niemand! Man hat mir erzählt, daß hier ein Bettler schläft, aber der ist nicht da, warum auch immer. Nur du und ich sind hier und wissen, was geschehen ist. Selbst wenn sie dich auf mich gehetzt haben, wer soll es je erfahren? Laß mich einfach gehen und halte den Mund, und alles wird für dich und für mich gut werden.«

Wieder gab es ein schreckliches Schweigen, bis Eddi mit tödlich kalter Stimme sagte: »Ich soll dich freilassen, wo du der einzige bist, der weiß, wo die Beute versteckt ist? Hältst du mich für einen Narren? Ich würde niemals meinen Anteil sehen! Sage mir, wo sie ist, und bring mich hin, oder ich übergebe dich dem Sheriff.«

Die Lauscher fühlten eher als daß sie hörten, wie sich der bezwungene Angreifer wand und aufbäumte gleich einem Pferd, das sich dem Reiter verweigert. Dann gab er auf und fügte sich in sein Schicksal. »Ich habe das Geld zu den anderen paar Groschen in meinen Beutel gesteckt«, sagte die Stimme verbittert, »und seinen Beutel habe ich in den Fluß geworfen. Das Geld ist in meinem Bett in der Abtei. Niemand hat auf mich geachtet, als ich mit den Pachteinnahmen aus der Vorstadt heimgekommen bin. Warum sollte auch jemand Notiz von mir nehmen? Ich habe die Einnahmen ja ordentlich abgerechnet. Komm mit mir hinunter, und es wird dein Schaden nicht sein. Mehr als die Hälfte will ich dir geben, wenn du nur den Mund hältst und mich gehen läßt...«

»Ihr da drinnen«, sagte Eddi plötzlich laut, während er sich voller Abscheu schüttelte, »kommt in Gottes Namen heraus und nehmt diese Ausgeburt des Bösen von mir fort, ehe ich dem Schurken die Kehle durchschneide und den Henker um seinen Lohn bringe. Kommt heraus und seht, was wir gefangen haben!«

Und sie kamen heraus. Der Sergeant stürmte sofort zur Luke, um jeden Fluchtversuch von vornherein zu vereiteln. Cadfael stellte seine Laterne in sicherer Entfernung von Heu und Stroh auf einen Balken und arbeitete fleißig mit Feuerstein und Stahl, bis der Zunder Funken fing und glühte und der Docht mit kleiner Flamme brannte. Eddis Gefangener hatte einen verzweifelten Fluch ausgestoßen und sich noch einmal hitzig bemüht, den Gegner abzuwerfen, der ihn immer noch festhielt. Vielleicht hoffte er, er könnte es bis zur offenen Tür schaffen. Doch er wurde von einer großen, kräftigen Hand, die sich fest auf seine Brust legte, mit Schwung auf die Bretter zurückgedrückt.

»Er wagt es, er wagt es wirklich«, sagte Eddi mit zusammengebissenen Zähnen. »Er wagt es wirklich, mir für den Kopf meines Vaters Geld anzubieten – gestohlenes Geld, das Geld der Abtei. Habt Ihr das gehört? Habt Ihr gehört?«

Der Sergeant beugte sich aus der Luke und pfiff zwei weitere Männer herbei, die sich unten in der Scheune versteckt hatten. Er war froh, daß er dem Plan zugestimmt hatte. Der verletzte Mann lebte und war auf dem Wege der Besserung, das Geld war gefunden und in Sicherheit – und alles würde man ihm anrechnen. Nun brauchte er nur noch den Gefangenen gefesselt und mit einer Eskorte zur Burg zu schicken und zur Abtei zu gehen, um das Geld zu beschlagnahmen.

Die geschützte Flamme der Laterne wurde größer und warf einen gelben Schein in den Heuboden. Eddi erhob sich und zog sich von seinem Gegner zurück, der sich langsam und mit mürrischem Gesicht aufsetzte. Er war immer noch außer Atem, denn er hatte einige Knüffe eingesteckt. Blinzelnd und mit großen, erschrockenen Augen blickte das runde, jugendliche Gesicht von Jacob von Bouldon im Kreis umher. Der mustergültige junge Schreiber war es, der so schnell den Wert der Pachtrolle erkannt hatte, der sich so aufrichtig bemüht hatte, das Vertrauen und die Wertschätzung seines Herrn zu erwerben, der so bestrebt gewesen war, dem Herrn jede Last abzunehmen – und ganz besonders die Last einer schweren Tasche voller Pachteinnahmen der Abtei.

Sein Gesicht war verkratzt und schmutzig, und das fröhliche, lebhafte Antlitz war jetzt feindselig und boshaft. Mit unsteten, schrägen Blicken sah er sie alle an und fand im Kreis keinen Ausweg. Am längsten starrte er den munteren, gebeugten Alten an, der sich lächelnd neben Cadfael aufbaute. Denn in dem faltigen, lebendigen Gesicht saßen zwei Augen, die das Licht spiegelten, als hätten sie kein eigenes. Undurchsichtig wie zwei graue Kieselsteine waren die Augen, und genauso leblos. Jacob starrte und stöhnte und begann schließlich, leise und heftig zu fluchen.

»Allerdings«, sagte Bruder Cadfael, »Ihr hättet Euch diese Mühe wirklich sparen können. Ich fürchte, ich war gezwungen, mit einer List vorzugehen, auf die ein Alteingesessener niemals hereingefallen wäre. Rhodri Fychan ist von Geburt an blind.«

Irgendwie schien es ein sehr passender Abschluß zu sein, daß Bruder Cadfael und der Sergeant, als sie beim ersten Tageslicht durchs Torhaus das Abteigelände betraten, als erstes auf Warin Harefoot stießen, der im Raum des Pförtners auf die Glocke wartete, die zur Prim rief, damit er seine Fracht loswerden konnte, die er sicherheitshalber über Nacht hier verwahrt hatte. Er saß am kalten Ofen auf einer Bank und hatte eine Hand fest um den Hals eines groben Leinensacks gelegt.

»Er hat ihn die ganze Nacht nicht losgelassen«, erklärte der Pförtner, »und ich durfte mich nicht einmal als Wächter auf die andere Seite setzen.«

Warin war mehr als erleichtert, als er die Verantwortung endlich an die Gesetzeshüter abgeben konnte, während – da Abt und Prior ja noch nicht aufgestanden waren – wenigstens ein Mönch des Hauses als Zeuge zugegen war. Er öffnete stolz den Sack und zeigte auf die Münzen, die darin lagen.

»Ihr sagtet, Bruder, daß ein Mann, der diese Beute glücklich findet, eine Belohnung bekommen könnte. Ich hatte gleich meine Zweifel, als ich diesen jungen Schreiber gesehen habe – einem allzu ehrlichen Gesicht kann man nicht vertrauen. Und wenn er der Richtige war – nun, ich habe angenommen, daß er schnell verstecken mußte, was er gestohlen hat. Er hatte einen

Beutel bei sich wie der andere, und niemand wunderte sich, daß er ihn bei sich trug oder daß er Geld darin hatte, weil er ja selbst einen Bezirk übernommen hatte. Und wenn er etwas zu spät zurückkehrte, dann konnte er ja darauf hinweisen, daß er sich nicht so gut auskannte und langsamer arbeitete als erwartet, weil er die Runde zum ersten Mal machte. Also behielt ich ihn im Auge. Heute abend bekam ich meine Chance, als ich sah, daß er nach Einbruch der Dunkelheit fortgeschlichen ist. In seinem Bett hat die Beute gesteckt, in eine Ecke der Strohmatratze eingenäht. Und hier ist sie nun. Legt für mich ein gutes Wort beim Herrn Abt ein. Die Geschäfte gehen nicht so gut, und auch ein armer Händler muß leben ...«

Der Sergeant sah ihn lange und verwundert an und fragte schließlich: »Seid Ihr denn überhaupt nicht auf die Idee gekommen, Euch die Beute einzusacken und am Morgen mit Eurem Packen durchs Tor zu verschwinden?«

Warin warf ihm ein schüchternes, entwaffnendes Lächeln zu. »Nun, Herr, ich mag wirklich einen Augenblick daran gedacht haben. Aber ich habe im Leben nicht viel Glück gehabt, und wenn ich so etwas täte, würde man mir schnell auf die Schliche kommen. Weisheit und Erfahrung haben mich ehrlich gemacht. Lieber einen kleinen Gewinn einstreichen, den ich ehrlich erlangt habe, als einen großen Gewinn bekommen und ebenso schnell wieder verlieren, um eingesperrt zu werden. Hier ist also das Gold der Abtei, jeder Penny ist da, und ich bitte den Herrn Abt, mit einem armen, anständigen Mann gerecht zu verfahren.«

HEYNE BÜCHER

Ellis Peters

*Spannende und unter-
haltsame Mittelalter-
Krimis mit Bruder
Cadfael, dem Detektiv
in der Mönchskutte.*

H e y n e - T a s c h e n b ü c h e r

Barbara von Bellingen

Jungfernfahrt

01/9950

Hamburg im Frühling des Jahres 1398. Die Geschäfte in der Hansestadt blühen. Engelke Geerts, die Nichte eines angesehenen Kaufmanns, wird Zeugin eines Verbrechens. Ihre Nachforschungen bringen sie in tödliche Gefahr.

Dies ist der erste Roman mit der Hauptfigur Engelke Geerts. Weitere sind in Vorbereitung.

Heyne-Taschenbücher

HEYNE BÜCHER

Celia L. Grace

*Spannende Kriminal-
romane vor der
farbigen Kulisse des
Mittelalters.*

*»Aufregend und höchst
vergnüglich.«*

BRIGITTE

01/9738

Die Heilerin von Canterbury
01/9738

*Auch als lesefreundliche
Großdruck-Ausgabe lieferbar:*
21/29

**Die Heilerin von Canterbury
sucht das Auge Gottes**
01/10078

Heyne-Taschenbücher